인생 사용법

인생 사용법

초판 발행 2018년 05월 30일

지은이 | 존 러벅
옮긴이 | 권혁
발행인 | 권오현

펴낸곳 | 돋을새김
주소 | 서울시 종로구 이화동 27-2 부광빌딩 402호
전화 | 02-745-1854~5 팩스 | 02-745-1856
홈페이지 | http://blog.naver.com/doduls 전자우편 | doduls@naver.com
등록 | 1997.12.15. 제300-1997-140호
인쇄 | 금강인쇄(주)(02-852-1051)

ISBN 978-89-6167-244-3 (03800)

값 10,000원

인생 사용법

돋을새김

무엇보다 함께 잘사는 것이 중요하다

인생 사용법이라니… 대담한 제목이 아닐 수 없다. 인생만큼 흔하게 쓰이는 단어도 없지만, 인생만큼 정의내리기 어려운 것도 없다. 누구나 한 번의 인생을 부여받지만, 수천 년 동안 똑 같은 인생을 살았던 사람은 아무도 없기 때문이다. 그런 인생을 주제로 삼고, 그것을 사용하는 법을 책으로 쓰겠다고 생각한 저자는 분명 자기 나름의 깨달음을 얻은 사람일 것이다.

저자인 존 러벅는 가업이었던 은행에서 사회생활을 시작해, 자유주의 정치인 그리고 자선사업가로 활동했다. 또한 고고학과 인종학 그리고 생물학 연구에도 깊은 관심을 가져 이 과학 분야들의 발달에 커다란 공헌을 한 과학자로도 유명했다. 특히 고고학을 현대적인 과학 분야로 확립시키는데 중요한 역할을 했으며, 석기시대를 처음으로 구석기와 신석기 시대로 구분한 사람이기도 하다.

존 러벅이 집필한 저서 목록을 보면 그가 얼마나 다양한 과학 분야의 연구에 몰두했던 박학다식한 지식인이었는지 확인할 수 있다. 《선사시대》, 《문명의 기원과 원시시대의 조건》, 《곤충들의 기원과 변형》, 《과학 강의》, 《정치와 교육에 관한 연설》, 《과학 50년사》, 《꽃과 열매 그리고 잎사귀》, 《동물들의 감각, 본능 그리고 지능에 대하여》, 《개미와 벌 그리고 장수말벌》 등.

이 책은 왕성한 연구에 몰두하던 그가 이제 막 사회생활을 시작하는 젊은이들을 위해 집필한 것이다. 거침없이 달려온 자신의 인생을 돌아보며 그동안 자신이 읽었던 수많은 책들과, 만났던 수많은 사람들 그리고 겪었던 수많은 일들에서 보고 배우고 느낀 것들을 이 책 한 권에 담아낸 것이다.

그는 책의 첫머리를 우리 인류에게 주어진 가장 중요한 질문이라 할 '어떻게 살 것인가?'로 시작한다. 이것은 고대 그리스와 중국의 철학자들에서부터 현재의 수많은 보통 사람들까지 그 답을 알고 싶어 하는 질문이기도 할 것이다. 질문에 뒤이어 펼쳐지는 그의 이야기는 인간관계, 교육, 독서, 사회생활, 돈, 인격 등 다양한 현실적인 주제로 이어진다. 각 주제에는 반드시 동서고금의 현자들이 들려주는 촌철살인과 같은 명언 명구들이 포함되어 있다. 그렇게 책을 통해 배우고, 익힌 지식이 저자의 성찰을 거치면서 지혜로 거듭나 있는 것을 확인할 수 있다.

그래서 이 책의 내용은 관념적이지 않다. 인생에서 마주치게 되는 다양한 현실적인 문제들에 대처하는 방법을 제시한다. 하지만 자신의 성공에만 초점을 맞춘 자기계발서와는 전혀 다르다.

그가 제시하는 인생 활용 방법의 대부분은 '함께 잘 사는' 것을 목표로 삼고 있다. 독서와 연구 그리고 치열한 삶을 통해 마침내 터득한 인생의 가장 중요한 가치는 '공동체의 일원으로서 공동체의 구성원들과 조화를 이루며 사는 것'이라는 그의 깨달음이 책의 구석구석에서 발견된다.

우리는 운명을 지배할 능력을 가지고 있다. 그럼 우리에게 가장 중요한 일은 자신이 어떤 사람이 되고 싶은지, 그리고 풍족한 인생의 자산을 어떻게 활용할 것인지를 스스로에게 묻는 것이 아닐까?

―본문 〈별처럼 빛나는 삶에 대한 질문〉 중

말할 것이 있어서가 아니라 말하는 것을 좋아해서 말을 하는 사람들이 많다. 말은 혀가 아닌 두뇌의 활동으로 이루어져야만 한다. 말하는 것 자체를 좋아해서 하는 말 즉, 수다는 성공에 거의 치명적인 영향을 끼친다.

―본문 〈원하는 것을 얻는 지혜〉 중

인생을 즐기지 못하는 것은 순전히 우리의 잘못이다. 러스킨은, 인생에서 누구나 성취를 이루는 것은 아니지만, 누구나 인생을 즐길 수 있다고 했다.

―본문 〈자신을 위한 마법의 시간을 만들어라〉 중

책읽기의 즐거움은 무엇보다 새로운 지식을 얻는 것이겠지만, 읽는 재미 또한 무시할 수 없다. 이 책은 그런 면에서 커다란 만족감을 준다. 세상에 발표된 지 100년도 훌쩍 넘은 이 책이 지닌 여러 가지 장점들 중 한 가지가 바로 읽는 재미다.

도저히 한 사람의 독서를 통한 결과라고는 생각할 수 없을 정도로 수많은 저작물에서 뽑아낸 주옥같은 인용구들이 등장한다.

소크라테스, 괴테, 셰익스피어, 공자로 이어지는 인물들의 생각과 말의 향연이라 할 수 있다. 인용되는 문장들은 저자가 다루고 있는 각각의 주제에 자연스럽게 어우러지며 읽는 사람에게 공감과 깨달음이라는 기쁨을 준다. 그래서 책의 원제로만 보자면 마치 처세술을 다룬 책일 것이라는 오해를 살 수도 있겠지만, '어떻게 살 것인가'를 진지하게 파고드는 인문교양서에 가깝다. 또한 이기적인 행복의 추구는 자신은 물론 타인들도 불행하게 만들 뿐이라는 명확한 성찰의 결과를 담고 있는 철학입문서이기도 하다.

이 책을 처음으로 만났던 것은 예비고사와 본고사라는 입시제도가 있던 고등학생 때였다. 국영수를 주로 주관식 문제로 출제하던 당시의 본고사를 대비한 영어수험서에는 이 책에서 발췌된 명문장들이 예제로 다루어져 있었다. 그 후 대학교에서 단행본으로 출간되어 있던 원서를 밑줄을 그어가며 읽었다. 고개를 저절로 끄덕이게 만드는 내용은 물론이거니와 무엇보다 깔끔하게 작성된 영어 문장이 인상적이었다. 그래서 이 책을 오래 간직하고 있었던 것 같다.

옮긴이

차례_

The Use of life

인생에서 가장 어두운 그림자가 드리워질 때는
바로 자기 스스로 빛을 가려 버릴 때이다.

제1장
별처럼 빛나는 삶에 대한 질문

인생에서 배워야 할 가장 중요한 것은 살아가는 방법이다. 인생만큼 인간이 지키고자 하는 것도 없지만, 그 인생을 어떻게 살 것인가 하는 문제만큼 노력을 게을리 하는 일도 없다. 인생을 어떻게 살 것인가는 전혀 간단한 문제가 아니다.

히포크라테스는 자신의 책 《아포리즘》의 서두를 이렇게 시작한다.

"인생은 짧고, 예술은 길다. 기회는 덧없이 지나가고, 시도는 불분명하며, 판단은 어렵다."

인생에서 행복과 성공은 주변 환경이 아닌, 바로 우리들 자신에 의해 좌우된다.

동서고금을 막론하고, 다른 사람 때문에 파멸한 사람보다 스스로를 파멸시킨 사람들이 더 많다. 폭풍이나 지진으로 파괴된 것보다 인간의 손으로 파괴한 집과 도시가 더 많다.

　파멸에는 두 가지 종류가 있다. 그중 하나는 시간이 만든 것이고, 다른 하나는 인간이 만든 것이다. 모든 파멸 중에서도 인간에 의한 것이 가장 끔찍하다. 고대 로마의 철학자 세네카가 말했듯이 인간에게 가장 치명적인 적은 인간의 가슴속에 있다.

　프랑스의 작가 라 브뤼예르는 "대부분의 사람들이 남은 인생을 비참하게 만드는 데 더 많은 시간을 허비한다."고 했다. 또 릴리(John Lyly, 영국 소설가·극작가)는 "젊은 시절의 넘치는 열정으로 나이 들어 뼈저리게 후회할 일들을 저지르는 경우가 너무나도 많다."고 했다.

　루키아노스(Lukianos, 그리스의 풍자작가)는 "이미 지나가고 끝나버린 과거의 일은 여신 클로토도 운명의 실을 다시 짤 수 없으며, 운명의 실을 자르는 여신 아트로포스도 되살려 낼 수 없다."고 했다.

　젊을 때는 스스로 거북스러운 멍에를 짊어진다. 처음에는 그것이 가볍고 즐거워 보이기 때문이다. 하지만 세월이

흐를수록 그 멍에는 점점 더 자신을 무겁게 짓누른다. 사람들은 자기 자신을 사랑한다. 하지만 그 사랑은 어리석고 너무 지나친 경우가 많다. 인생에 가장 어두운 그림자가 드리워질 때는 바로 자기 스스로 빛을 가려 버릴 때이다.

나는 가끔씩 너무 낙관적이라는 이유로 비난을 받는다. 그렇다고 내가 인생의 고달픔과 슬픔을 무시하거나 부정하는 것은 절대 아니다.

나는 인간이 행복하다고 말한 적이 없다. 다만 행복할 수 있다고 말할 뿐이다. 만약 행복하지 않다면 대개는 그들 자신이 저지른 잘못 때문이다. 우리는 대부분 행복을 마음껏 누리지도 않고 내팽개쳐 버린다.

인생이란 것이 비록 장미꽃으로 꾸민 달콤한 침대는 아니지만, 그렇다고 전쟁터여야 할 이유도 없다.

가질 수 없는 것을 얻기 위해 인생을 낭비하는 사람들도 있다. 피할 수 없는 운명을 한탄하면서, 이해하지 못하는 것을 이야기하면서 인생을 낭비한다.

우리가 악이라고 부르는 것 중에는 악용되거나 과용된 선(善)인 경우가 많다. 바퀴 하나, 톱니 하나만 어긋나도 기계 전체가 작동하지 못한다. 그처럼 우리도 이 우주의 질서와 조화를 이루지 못한다면 그에 따르는 고통을 받을 수밖에 없다.

용기가 지나치면 만용이 되며, 애정이 지나치면 집착이 되고, 검약이 지나치면 탐욕이 된다. 어떤 사람에게는 약인 것이 다른 사람에게는 독이 된다는 속담이 있다.

자연의 법칙이 바뀌면 지금보다 더 좋아질 것이라고 생각할 수는 있어도, 아무도 그것을 증명할 수는 없다. 자연의 법칙인 중력 때문에 사람들은 넘어지고 그 때문에 다리가 부러지기도 하지만, 그 중력의 법칙이 다르게 변한다고 해서 지금보다 더 나아진다고는 누구도 장담할 수 없다.

페르시아 사람들은 행복은 선의 신인 오르무즈드의 덕이라고 했고, 불행은 악의 화신인 아리만의 탓이라고 말한다. 하지만 사실 우리는 자신의 잘못으로 고통을 만들어내고 있다.

시종일관 잘못 알고 있는 것을 바탕으로 행동하는 것은 물론이고, 아마 거의 언제나 자신의 실수로 고통을 만들어낸다.

다른 사람들에게 배운 것보다 스스로 배우고 깨우친 것이 더욱 더 확실하게 우리의 본성을 형성하게 된다. 교육은 학교를 졸업하면서 끝나는 것이 아니라 겨우 시작되는 것이다. 교육은 평생에 걸쳐 이루어진다.

세네카는 이렇게 말한다.

"만약 사람들이 육체를 단련시키는 것만큼 뇌를 단련시킨다면, 그리고 쾌락을 위해 애쓰는 것만큼 미덕을 갖추기 위해 노력한다면, 인생은 참으로 훌륭해질 것이다."

운명론자들은 세상의 모든 일은 미리 정해져 있으며, 우리의 의지와 상관없이 일어날 일들은 반드시 일어나고야 만다고 말한다. 그들은 인간을 자동으로 움직이는 인형인 것처럼 생각한다. 초자연적인 권능을 지닌 신의 단순한 장난감이라는 것이다.

우리는 가장 먼저 생명의 과학이라 할 인생학을 잘 배우고 있는지 생각해 보아야 한다. 시간의 바다 위에서 우리의 배를 조종해 나아갈 것인가? 아니면 그저 이리저리 물결을 따라 떠돌기만 할 것인가?

이 질문에 대한 대답은 분명하다. 인간은 인간이므로 자신에게 주이긴 운명의 주인이다. 만약 그렇지 않다면, 그 잘못은 자신에게 있는 것이다. 인간은 자신의 선택에 따라 인생을 의기양양한 개선 행렬로 만들 수도 있고, 침울한 장례 행렬로 만들 수도 있는 것이다.

독일의 소설가 장 파울 리히터는 "인간은 자신이 되고 싶어 하는 인간이 된다. 인간의 의지는 신과 연결될 만큼

강하기 때문이다. 그러므로 어떤 것이든 진지하게 그리고 진실한 의도를 갖고 원한다면 우리는 그렇게 된다."고 한다. 더 나아가 사람들은 일반적으로 자신이 꼭 해야만 하는 일들이 무엇인지 잘 알고 있다고 한다.

우리의 의식은 '높은 탑 꼭대기에 앉아 있는 일곱 명의 경비병보다'(킹 제임스 성경) 더 많은 것을 말해주기 때문이다.

만약 그렇다면 우리는 운명을 지배할 능력을 가지고 있는 것이다. 그럼 우리에게 가장 중요한 일은 자신이 어떤 사람이 되고 싶은지, 그리고 풍족한 인생의 자산을 어떻게 활용할 것인지를 스스로에게 묻는 것이 아닐까?

인생의 목표가 분명한 사람도 있지만, 전혀 그렇지 못한 사람도 있다. 우리의 첫 번째 목표는 자신을 최대한 활용하기 위해 최선을 다하는 것이다.

훔볼트(Alexander von Humboldt, 독일 자연과학자 · 지리학자)는 '모든 사람의 목표는 그 자신의 능력을 최대한 조화롭게 발달시켜, 완벽하고도 견실한 완전체가 되도록' 하는 것이라고 했다.

장 폴 리히터의 말을 다시 인용하자면, 모든 사람의 목표는 '가지고 있는 모든 것을 활용하여 최대한 자신을 계발하는' 것이다.

하지만 단순히 이기적인 목적으로 시도해서는 안 된다. 만약 그렇게 한다면 당연히 실패할 것이기 때문이다. 베이컨이 말했듯, 사사로운 행복이 자신의 존재를 가치 있게 만드는 목적이 되어서는 안 된다. 플라톤과 아리스토텔레스, 부처와 사도 바울 등 위대한 정신의 소유자들도 오로지 자신만을 위해 완벽해지려고 했던 것은 절대 아니었다.

르호보암(Rehoboam, 유대 최초의 왕)의 시대에서 체스터필드 경(Lord Chesterfield, 영국의 정치가·문인)의 시대에 이르는 수천 년 동안 남에게 충고를 건네는 것은 그다지 환영받지 못하는 일이었다.

뉴질랜드의 어느 개종자가 맞이했던 슬픈 운명은 잊을 수가 없다. 그 개종자가 죽고 난 뒤 그가 속해 있던 부족의 족장은 선교사에게 이렇게 말했다고 한다.

"우리에게 너무 많은 충고를 해서 결국 우리는 그를 죽일 수밖에 없었습니다."

현명한 사람에게는 충고가 필요없으며, 어리석은 사람은 대체로 충고를 잘 받아들이려 하지 않는다. 하지만 조그마한 충고를 받아들이지 않은 사람들은 나중에 비싼 대가를 치르며 후회하곤 한다. 그러므로 나는 자신의 인생을 최대한 활용하여 의미 있고 가치 있는 삶을 살고자 하는 사람들에게 도움이 될 만한 몇 가지 제안을 하려 한다.

자신에게 다가온 좋은 기회를 허비하는 사람을 지켜보는 일은 참으로 슬픈 일이다. 헛되이 낭비되거나 내버려지는 소중한 것들을 잘 다루기만 해도 얼마나 많은 사람들이 행복해질 수 있을까!

행복은 주변 환경의 결과에 따른 것이 아니라 자신의 마음가짐에 따른 것이다. 스코틀랜드의 철학자 듀갈드 스튜어트는, 행복의 중요한 비밀은 외부의 것들을 자신에게 적응시키려 애쓰는 것이 아니라 우리 스스로가 외부의 것들에 적응하는 것이라고 했다. 또, 영국의 철학자 데이비드 흄은 연간 만 파운드를 벌어들이는 것보다 행복한 성품을 갖추는 것이 더 낫다고 했다.

자신에게 주어진 소중한 것들을 모두 실현하기 위해 노력하면, 자신에게 상상했던 것보다 더 많은 재능이 있다는 사실을 알게 될 것이다. 사람들은 그처럼 많은 자신의 재능들을 너무 늦게 인식하곤 한다.

우리가 살고 있는 이 세상은 쉽게 실망할 그런 곳이 아니다. 역경에 용감히 맞서고, 최선을 다해 노력해야 한다. 자신만의 무기를 준비해두어야 한다. 그렇지 않으면 여러분의 적들이 무기를 들이댈 것이다.

쾌락은 상상이 아닌 현실에 존재한다는 사실에 유의해
야 한다. 우리는 자주 쾌락이라고 불린다는 이유만으로 그
일들을 즐기기도 한다. 만약 그것들이 쾌락이 아닌 다른
이름으로 불린다면 싫어할지도 모른다.

단순히 쓸모없는 일을 하고 있어서 즐겁다고 생각하는
사람들도 많다. 또한, 쾌락이라는 단어를 오로지 육체적
인 감각에만 한정시키는 사람들도 있다. 하지만 정신적인
쾌락은 보다 더 격렬하고 더욱 더 오래 지속된다. 그리고
단순히 쾌락을 얻으려 하기보다 스스로 쾌락을 만들어내
도록 노력해야 한다.

우리 정신의 건강은 육체의 건강에 크게 좌우된다. 그
럼에도 우리는 하나뿐인 육체의 건강을 소홀히 하거나 분
별없이 해치곤 한다. 또한, 우리는 예술 작품들에서 얻을
수 있는 즐거움을 절반도 누리지 못한다

런던에 사는 사람들 중 몇 명이나 국립 미술관을 찾아가
보았을까? 몇 명이나 대영박물관에 가보았을까? 제대로
된 감상을 위해 공부를 해본 적은 있을까? 우리는 과학의
중요성을 이해하기 위한 공부도 하지 않는다.

우리가 살고 있는 이 지구, 우리 머리 위의 하늘이 주는

아름다움을 즐기지도 않는다. 어쩌면 그보다는 음악을 더 즐기고 있을지도 모르지만, 여전히 많이 부족하다.

우리는 본능만 있는 동물에 비해 이성도 있는 존재라고 자랑스러워한다. 하지만 우리가 그토록 자랑하는 이성이 인류의 행복에 보탬이 된 적은 거의 없다. 심지어 이성은 '해로운 유산damnosa hereditas'이라는 의심을 받기도 한다. 실제로 그리스 키니코스학파Cynics의 철학자들은 인간이 가진 이성이 '즐거움의 원천이라기보다 고통의 원천이며 파멸을 초래하는 유산이 아닐까'라는 의문을 제기하기도 했다.

동물은 스스로를 괴롭히지 않지만 인간은 스스로를 괴롭힌다. 인간은 '공허한 어둠 속을 걸으며 헛되이 조바심을 낸다.' 인간은 일어나지도 않을 미래의 재앙이나 고난 때문에 고뇌한다. 우리는 의심과 두려움, 걱정과 근심 때문에 스스로를 괴로움에 빠뜨리곤 한다. 불가사의한 일들이 사방에서 벌어지곤 하지만 그것에 대해 조바심을 낼 필요는 없다.

그러나 불안해할 필요는 없어도 경계는 하고 있어야 한다. 과오를 범할 가능성이 거의 없다고 생각되는 일들이라도 경계는 해야 한다.

체스터필드 경은 이렇게 말한다. "나는 악덕을 피하는 것보다 적절한 미덕을 실천하는데 더 많은 판단력이 필요하다고 믿는다. 악덕의 진면목은 너무 흉해서 보는 즉시 우리를 놀라게 할 것이며, 애초에 미덕의 가면을 쓰고 나타나지 않는다면, 우리들을 현혹시키지도 못할 것이다."

팔머스턴 경(Lord Palmerston, 영국의 정치인)은 모든 어린이들은 선하게 태어난다는 주장을 펼쳤다가 신학적인 비난을 자초한 적이 있다. 하지만 어떤 경우든 아이가 자라서 악인이 되었다면 반드시 어떤 우여곡절을 겪었을 것이다.

브라운 경(Thomas Browne, 영국의 의사 · 저술가)은 "사악한 수단들이 넘쳐나는 세상이지만 다행스럽게도 인간은 한순간에 사악해지지는 않는다. 그렇게 되기까지 일정한 시간과 고통이 따라야 한다. 우리는 불카누스(Vulcanus, 로마 신화에서 불과 대장장이의 신. 그리스 신화의 헤파이스토스와 동일시된다)가 하늘에서 떨어지는 것처럼 단 하루 만에 미덕에서 벗어나지 않는다."고 말했다.

시선을 개인에서 인류 전체로 돌려보면, 인류에게 주어진 수많은 자연의 혜택들을 우리 스스로 경시하고 있다는 것에 깜짝 놀라게 될 것이다. 우리 인류는 여전히 뉴턴

(Newton, 영국의 물리학자 · 수학자)의 고백을 되풀이하고 있는 것이다.

"나는 마치 바닷가를 이리저리 뛰어다니며 조금 더 예쁜 조개나 고운 해초를 발견한 어린아이라고밖에 생각되지 않는다. 내 앞에는 아직도 충분히 알아내지 못한 위대한 진리의 큰 바다가 그대로 펼쳐져 있다."

우리는 어떤 한 가지 물질에 대해서도 그 사용법과 특성을 완벽하게 알고 있는 것이 없다. 우리는 아침부터 저녁까지 일을 한다. 하지만 만약 우리가 물질의 특성과 자연의 힘을 보다 완벽하게 이해할 수만 있다면, 한두 시간만 일을 해도 육체적으로나 정신적으로 우리에게 필요한 모든 것들을 얻을 수 있을 것이다. 그러면 우리는 지성과 정서를 함양할 수 있는 시간을 더욱 더 많이 가질 수 있게 될 것이다.

전기의 활용법을 제대로 모르던 때가 있었다. 우리는 이제야 겨우 그것들을 이해하기 시작했다. 또, 여전히 하천의 힘은 낭비되고 있다. 만약 마취법이 조금 더 일찍 개발되었다면 우리는 끔찍한 고통을 겪지 않았을 것이다.

이와 같은 예들을 일일이 열거하자면 책 한 권으로도 부족할 것이다. 그 밖에도 수많은 것들이 앞으로 발견될 것이라는 사실을 의심하는 사람은 아무도 없으며, 바로 지금 우리의 눈앞에서 발견될 수도 있다.

'아직 충분히 알아내지 못한 위대한 진리라는 큰 바다가 우리 앞에 펼쳐져 있는데' 이른바 기독교 국가들은 서로를 멸망시키기 위해 엄청난 돈을 낭비하고 있으며, 더 많은 영토를 차지하기 위해 짐승처럼 싸우고 있다는 사실은 참으로 경악할 일이다.

우리 자녀들이 글 읽는 법과 쓰는 법을 모르고 자라는 것에 크게 신경 쓰지 않았던 때도 있었다. 지금도 '교육 과잉'이라며 비난하는 사람들이 있는데, 대부분의 경우 그들이 말하고자 하는 것은 교육이 일상생활과 관계가 없다는 것이다. 지금도 교육을 하지 않으면 교육을 하는 것보다 더 많은 비용을 치러야 한다는 사실을 인식하지 못한 채 여전히 교육비를 아까워하는 사람들이 있다.

그럼에도 이제는 거의 모든 자녀들이 일정한 교육을 받고는 있다. 하지만, 우리가 채택하고 있는 교육 제도가 가장 적절한 것인지는 의심해 볼 만한 문제이다.

나는 부당하게도 그동안 우리가 학교에서 도덕 교육을 등한히 했으며, 그 결과로 다음과 같은 잘못된 생각이 일반화되어 버렸다는 것을 말하고자 한다. 즉, 반드시 지켜야 할 규범을 어기는 것은 당연히 타인을 괴롭히는 잘못된 행동이지만, 적어도 지금의 생에서 자신만의 행복에는 보탬이 되며 더욱 더 잘 살게 된다는 생각이다.

방종, 탐욕, 무절제, 게으름 그리고 그 밖의 '즐거움을 주는 악덕들'은 정당화될 수 없는 것이지만, 남이 희생되어도 자기에게는 이익이 된다는 잘못된 생각이다. 자신만을 생각한다면 당연히 누구나 안락하고 즐거운 생활을 바랄 것이지만, 선하고 고결한 사람이 되려면 사소한 즐거움마저 스스로 거부한 채 자기희생적인 삶을 받아들여야 한다고 생각한다.

악덕으로 누리는 특권은 제약과 속박이 없는 상태가 아니다. 오히려 그와는 정반대로 욕망이라는 가장 끔찍한 주인의 노예가 되는 것이다.

악덕에 '남성다운' 요소가 있다고 생각하는 젊은이들도 있다. 하지만 나약한 바보도 사악해질 수는 있다. 고결한 사람이 되고자 한다면 무엇보다 인간이 되어야만 한다. 고결해지기 위해서는 진정으로 자유로워야 하며, 악덕이야말로 실질적인 노예상태인 것이다.

특정한 어떤 행동 방식이 잘못된 것이기 때문에 부도덕한 것이 아니라, 부도덕하기 때문에 잘못된 것이다. 어떤 터무니없는 도덕관의 전복으로 그른 것이 옳은 것이 된다면, 행복과 마음의 평화에 돌이킬 수 없는 잘못이 될 것이다.

체스터필드 경은 아들에게 보낸 편지에서 이런저런 현명한 조언을 해주면서 이런 말로 마무리한다.

"언제나 미덕을 우선하면 보상을 받게 될 것이며, 그러한 성품을 본받아야만 한다. 위대하고 선한 사람이 되려고 하는 것이야말로 네가 행복한 사람이 되는 유일한 방법이다."

데카르트는 다음과 같은 네 가지 금언으로 자신의 처세법을 구체적으로 설명했다.

첫째, 자신이 성장해온 사회의 법과 종교에 따른다.

둘째, 즉각적인 행동이 필요한 모든 경우에는 행동한다.

셋째, 욕망을 만족시키려 하기보다 욕망을 제한하며 행복을 추구한다.

넷째, 진리의 탐구를 평생의 과업으로 삼는다.

존 릴리는 자신의 소설 《유퓨즈: 지혜의 해부》에서 다음과 같이 충고한다.

'양과 함께 잠자리에 들고, 종달새와 더불어 깨어나라. 즐겁게 살아야 하지만 겸손해야 한다. 진실하고 용감하게 살되 너무 모험을 즐기지는 말 것!

옷은 단정하게 입고, 건강에 좋은 음식을 먹어야 하지만 과식을 해서는 안 된다. 여가시간은 건전한 오락으로 보내도록 하라. 아무런 이유 없이 남을 의심해서는 안 되지만, 아무런 근거 없이 남을 신뢰해서도 안 된다. 경솔하게 사람들의 의견을 따라서는 안 되며, 자부심을 지키려고 고집을 부려서도 안 된다.

신을 섬기고, 신을 두려워하며, 신을 사랑하라. 그러면 신은 당신이 원하는 것, 그리고 당신의 친구들이 희망하는 것에 축복을 내릴 것이다.'

자신에게 이익이 되는 일만을 추구하는 사람은 자신은 물론 남들도 비참하게 만드는 분별없는 사람일 뿐만 아니라 이기적이며 사악한 사람이기도 하다.

가장 훌륭한 의도를 간직하고 있는 많은 인격자들과 많은 양서들도 이와 비슷한 오류에 빠져들 수 있다는 것을 인정해야만 한다. 그들은 잘못된 생활을 즐거운 생활로, 미덕을 자기희생으로, 금욕적인 생활을 종교로 묘사한다.

물론 극단적인 예가 되겠지만, 종교재판관들은 분명 훌륭한 인물들이었을 것이다. 하지만 천성적으로 다정하고 심지어는 자비로운 사람들이었을지도 모르지만, 그들은 기독교의 본질을 완전히 잘못 알고 있었던 것이다.

일상생활 속에서 마주치는 훌륭한 인격을 갖춘 사람들 중에서도 쾌락이 무조건 나쁜 것이라고 생각하는 이들이 있다. 그들은 종교의 참된 정신이 까다롭고, 심술궂으며, 비관적이라고 생각한다. 또한 우리 주변의 밝고 쾌활하며 빛나는 자연도 축복이 아닌 사악한 것이라고 생각한다. 모든 선을 만들어낸 신이 우리에게 아낌없이 베풀어주고 있는 가장 커다란 기쁨 중의 하나가 아니라 악령이 만들어낸 유혹이라고 생각하는 것이다.

평생 아무런 슬픔도 겪지 않고 살 수 있는 사람은 없다. 빛이 있다면 반드시 그림자도 있는 법이니까. 장미에 가시가 있다는 것을 불평하기보다 오히려 가시가 꽃을 보호해준다는 것을 감사해야 한다. 영원한 생명은 없으니 우리가 사랑하는 사람을 잃는 슬픔도 피할 수 없다.

그뿐만이 아니다. 우리라는 존재는 너무나도 복잡다단하고, 이 세상은 여전히 너무나도 어리숙하다. 우리는 아직도 우리 존재에 꼭 필요한 것이 무엇인지, 우리를 둘러싸고 있는 물질과 힘의 본질과 특성이 무엇인지 이해하지 못한다. 그러니 우리는 여전히 더 많은 슬픔과 고통을 예견하고 있어야만 한다.

인간이라는 존재를 둘러싸고 있는 불가사의한 의문들에

괴로워하는 사람들이 많다.

로버트 사우디(Robert Southey, 영국의 계관시인)는 말한다.

"선한 사람과 현명한 사람도 때로는 세상에 분노하고, 때로는 비탄에 빠진다. 하지만 자신의 본분을 다한 사람들 중에는 이 세상에 불만을 품었던 자는 분명 아무도 없었다."

이 세상은 거울과 같아서 당신이 미소를 지으면 세상도 미소를 지을 것이며, 당신이 찡그리면 세상 역시 그 표정을 그대로 되돌려줄 것이다.

붉은색 유리를 통해 세상을 바라보면 모든 것이 붉은 장밋빛으로 보이겠지만, 푸른색 유리를 통해 바라보면 모든 것이 푸르게 보일 것이다. 마찬가지로 흐린 잿빛 유리를 통해 본다면, 세상이 모두 흐릿하고 음울하게 보일 것이다. 그러니 언제나 밝은 면을 보려고 노력해야 한다.

이 세상의 거의 모든 것들에는 항상 밝은 면이 있기 마련이다.

미소와 목소리 그리고 존재하는 것만으로도 주위를 빛나게 해 온 방 안을 밝은 빛으로 밝히는 사람들이 있다. 모든 사람들에게 밝은 미소와 상냥한 말로 반갑게 대한다. 가까이에 있는 사람들, 자신에게 소중한 사람들만 사랑하는 것으로는 충분하지 않다. 진심으로 모두 다 사랑한다는 것을 느낄 수 있도록 해야 한다.

헤아릴 수 없는 인생의 축복에 감사하며 마음껏 누려야 하지만, 슬픔이나 근심걱정이 전혀 없을 것이라고 생각할 수는 없다. 월폴(Horace Walpole, 영국의 작가)이 멋지게 표현했듯이 인생은 '생각하는 사람에게는 희극이며, 느끼는 사람에게는 비극'이다.

인생은 그야말로 때로는 비극적이고, 때때로 희극적이다. 하지만 대개는 우리의 선택에 따라 결정되는 것이다.

소크라테스는 "이승에서나 저승에서나 선한 사람에게는 악이 생겨나지 않는다."고 했다. 희망의 예언들이 절망의 예언보다 훨씬 더 많이 옳았다는 것만은 분명하다. 하지만 우리는 슬픔이나 고통의 순간은 모두 기억하지만, 행복했던 시간들은 너무나도 무심하고 쉽게 지나쳐 버린다.

늘 성공하기를 바랄 수는 없다. 때로는 자연마저도 실패를 하니까. 그러니 보에티우스(Boethius, 로마 시대 후기의 철학자)가 《철학의 위안》에서 말했듯 '지금 건강하고 성공하고 있다고 거만해져서는 안 되며, 그 어떤 역경이 닥쳐도 행복을 포기하지 말아야' 한다.

✝ ✝ ✝

좁은 문으로 들어가라. 멸망으로 이끄는 문은 넓고 그 길이 널찍하여서, 그리로 들어가는 사람이 많다. 생명으로 이끄는 문은 너무나도 좁고 그 길이 비좁아서, 그것을 찾는 사람이 적다.

— 마태복음 7장 13~14절

나는 널리 알려진 이 성경 구절이 종종 잘못 사용되고 있다고 생각한다. 올바른 길은 더 험난하고 고통스럽다는 의미가 아니라 단지 그 길은 좁고 찾기가 어렵다는 것이 아닐까.

당연하게도 옳은 길은 하나이며, 사방으로 샛길들이 잘못 나 있는 것이다. 바다 위의 배에는 단 하나의 올바른 항로가 있을 뿐이다. 그 하나의 목적지 외에 나침반에 나타나는 다른 모든 지점들은 그 배가 '도착해야 하는 항구'로부터 멀어지게 하는 길일 것이다. 그렇다고 올바른 항로가 항상 다른 항로보다 더 험난하다거나 더 심한 폭풍우를 만날 거라고 생각할 수는 없다.

올바르지 않거나 어리석은 일들이 종종 순간적인 즐거움을 주거나, 때로는 아주 큰 기쁨까지 준다는 것을 부정하지는 않는다. 그것마저 부정하는 것은 유혹의 존재 자체를 의심하는 것이니 불합리한 것이다. 다만 그러한 충동에 따라 일시적인 즐거움을 얻는 것이 미래의 슬픔을 대가로 한다는 것, 또 상대적으로 하찮은 이익을 위해 많은 것을 포기해야 한다는 것을 알리고 싶다.

에서(Esau, 구약성서에서 이삭의 장자)가 그랬듯이 맛도 없는 한 그릇의 죽을 얻기 위해 귀중한 상속권을 팔아넘기는 것과 마찬가지이다. '수년 동안 이어질 후회를 담보로 한 시간 동안의 즐거운 바보짓을 선택하고 있는 것'이다.

이것은 전혀 과장이 아니며, 나는 현재의 우리 삶에 대해 말하는 것일 뿐이다. 즉, 행복해지기를 원한다면 선하게 살기 위해 노력해야만 한다는 것이다. 방종보다는 극기를 통해 더 많은 행복을 얻을 수 있다. 타인에게는 관대해도 자신에게 관대해서는 안 된다.

성공과 행운이 언제나 함께 찾아오는 것은 아니다. 행복을 위한 요소를 다 가진 것처럼 보이지만 실제로 불행한 사람들도 많다. '행운이 많은 것을 줄 수 있지만, 그보다 더 많은 것을 주는 것은 바로 마음'이라고 보일(Robert Boyle, 영국의 화학자 · 물리학자)은 말했다.

✞ ✞ ✞

내 마음은 왕국과 같다네.

그 속에서 나는 지금의 기쁨을 찾았지.

―에드워드 경(Edward Dyer, 영국의 시인)

보브나르그(Vauvenargues, 프랑스의 사상가)는 "누구에게나 재산과 지위 혹은 명예를 얻을 능력이 있는 것은 아니다. 하지만 누구나 선하고, 관대하며, 현명해질 수는 있다."고 했다.

진정한 부는 지금 우리가 가지고 있는 것이 아니라 현재 우리의 마음가짐이다. 그리고 지금 우리가 누리고 있는 특권에는 항상 그에 상응하는 책임이 따른다.

성 크리소스토무스(Joannes Chrisostomus, 초기 기독교 교부)는 이렇게 말했다.

"지금의 하루하루는 단지 극장에서 펼쳐지고 있는 공연이며, 인간의 일생은 한 편의 연극일 뿐이다. 부자와 가난한 자, 지배하는 자와 지배받는 자는 그저 극중에서 맡고 있는 역할일 뿐이다. 하지만 지금의 나날이 지나면 극장의 문은 닫힐 것이고, 가면도 벗겨진다. 그때가 되면 그의 재산이나 직책, 지위나 권력이 아닌 오직 그 자신과 그가 했던 일로 심판받을 것이다."

우리가 했던 일이 그 심판에서 합격되기를 바란다.

그 심판은 어떤 것일까? 그것은 우리가 얼마나 이루었느냐 하는 것보다는 얼마나 노력을 했는가에 대한 평가일 것이다. 인생의 성공을 이루었느냐가 아니라 우리가 성공할 만한 자격이 있는가에 대한 평가일 것이다.

사악하게 제멋대로 사는 것이 아닌, 현명하게 덕행을 베풀며 사는 것이 진정으로 행복한 삶이다. 자신을 포기하는 일이야말로 죄악이다.

The Use of life

인생은 때로는 비극적이고, 때로는 희극적이다.
하지만 대개는 우리의 선택에 따라 결정된다.

제2장

원하는 것을 얻는 지혜

인생의 성공을 위해서는 재능보다 지혜가 훨씬 더 중요하지만, 지혜는 선천적으로 타고나지 않는 이상 쉽게 갖출 수 있는 것이 아니다. 하지만 다른 사람들이 원하는 것이 무엇인지 깊게 생각해보는 것은 지혜를 갖추는데 도움이 되는 일이다.

다른 사람에게 즐거움을 줄 수 있는 기회를 놓치지 말아야 한다. 자신을 스스로 행복하게 만들기는 어려워도 다른 사람들을 행복하게 해줄 수 있는 다양한 방법이 있다. 무엇보다 누구에게나 공손한 태도를 갖춰야 한다.

몬터규 부인(Mary Wortley Montagu, 영국의 문인 · 서간문 작가)은 "예절을 갖추면 잃을 것이 전혀 없다. 하지만 그 예절로 모든 것을 얻을 수도 있다."고 했다.

실제로 예의바른 태도는 돈으로도 살 수 없는 많은 것들을 가질 수 있게 해준다. 그러니 만나는 사람들의 마음을 모두 얻도록 노력해야 한다.

벌리 경(영국의 정치가, 윌리엄 세실William Cecil을 가리킨다)은 엘리자베스 여왕에게 이렇게 말했다. "사람들의 마음을 얻도록 하십시오. 그러면 마음은 물론 그들의 지갑까지 얻게 될 것입니다."

지혜는 종종 힘으로도 얻지 못하는 것들을 얻게 해준다. 악을 굴복시키는 것은 폭력이 아니라 선이다. 릴리는 해와 바람의 옛 우화를 인용해 다음과 같이 설명한다.

"이것은 승리하기 위해 경쟁했던 해와 바람에 관한 아주 유명한 이야기이다. 한 신사가 길을 걷고 있었다. 바람은 입김을 세게 불어 그의 외투를 벗겨내야겠다고 생각했다. 그래서 외투를 벗겨내려고 엄청난 돌풍을 몰아치게 했지만, 신사는 오히려 더욱 더 외투를 단단히 여몄다. 반면에 해는 평소처럼 햇볕을 내리쬐기 시작했다. 점점 더워진 날씨에 거의 정신을 잃을 지경이 된 신사는 외투뿐만이 아니라 윗옷까지도 벗어버렸다. 결국 바람은 해에게 항복을 선언했다."

사람들은 몰아붙일 때보다 앞장서서 안내하며 따르도록

유도할 때 더 쉽게 움직인다는 것을 늘 기억해야 한다. 그 어떤 경우에도 강요하는 것보다 따르도록 하는 것이 더 효과적이다.

‡ ‡ ‡

원하는 것이 있다면 칼을 휘둘러 얻으려 하지 말고 미소로 얻으려 하는 것이 더 낫다.

−셰익스피어, 《아테네의 타이몬》 5막 4장

어느 냉소적인 도덕주의자는 만약 허영이 동반하지 않는다면 미덕은 그리 오래 유지되지 못할 것이라고 했다. 이 말은 어느 정도는 사실이다. 정치에서도 너무 지나치게 다스리지 않는 것이 좋은 원칙이다.

당신이 만나는 사람들의 마음을 얻도록 노력해야 한다. 더 나아가 그들의 신뢰까지도 얻도록 해야 한다. 능력보다는 인품으로 사람들이나 사회에 영향력을 끼치는 사람들이 훨씬 많다. 시드니 스미스(Sydney Smith, 영국의 작가)는 프란시스 호너(Francis Horner, 스코틀랜드의 정치가)를 자주 언급하곤 했다. 호너는 높은 관직에 오른 적은 없었지만 겉으로 드러나는 인상만으로도 누구에게나 신뢰감을 주어 의회에서 상당한 영향력을 끼쳤다고 한다.

사람들이 원하는 것을 최대한 정당하고 현명하게 들어주도록 노력해야 한다. 하지만 'No'라고 말하는 것을 두려워해서는 안 된다.

누구나 '당신이 원하는 대로' 하겠다고 말할 수는 있지만, 항상 흔쾌히 할 수 있는 것은 아니다. 하지만 'No' 라고 말하는 것은 훨씬 더 어려운 일이다. 많은 사람들이 그렇게 말하지 못해 실패를 경험하곤 한다.

플루타르크(Plutarch, 그리스의 전기 작가)는 소아시아의 주민들은 단지 '싫다'고 말하는 법을 몰랐기 때문에 노예로 전락했다고 말한다. 만약 '싫다'고 말하는 것이 처세에 있어 필수적이라면, 그런 말을 기분 좋게 할 줄 아는 것도 중요하다.

우리는 거래 관계에 있는 모든 사람들이 우리와 거래하는 것을 기분 좋게 생각하도록 하고, 또다시 거래하기를 원하도록 늘 노력해야만 한다. 사업이란 우리의 생각보다 훨씬 더 정서와 느낌이 중요한 일이다. 많은 사람들이 친절하고 공손한 그리고 정직한 대접을 받기를 원한다. 그런 기분 좋은 태도는 가격을 반으로 깎아주는 것보다 훨씬 더 효과적이다.

대부분의 사람들은 마음만 먹으면 누구든 호감이 가는 사람이 될 수 있다. 체스터필드 경은 "다른 사람들을 즐겁게 해주고 싶다는 마음을 먹는 것만으로도 반은 이룬 것이다."라고 했다. 이와는 달리 그런 마음조차 갖지 않는 사람이라면 다른 사람들을 절대 즐겁게 해줄 수 없을 것이다. 젊었을 때 이러한 재능을 갖추지 못한다면, 나중에 훨씬 더 어려워진다는 것을 알게 될 것이다.

뚜렷한 능력보다는 훌륭한 태도로 성공을 거두는 사람들이 얼마든지 있다. 반면에 선한 마음씨와 친절한 의도를 가지고는 있어도 단순히 거친 말과 행동 때문에 적을 만드는 안타까운 일들도 있다. 다른 사람들을 기쁘게 하는 일은 그 자체로 매우 즐거운 일이다. 한번 시도해 보면 전혀 실망하지 않을 것이다.

또한 우리는 늘 신중하고 냉철한 태도를 유지해야 한다. 따뜻한 가슴만큼이나 냉철한 이성도 필요하다. 어려운 일들을 처리해 나갈 때 침착함과 냉철함은 매우 소중한 역할을 해서, 위험하고 힘든 역경을 헤쳐 나아가 안전한 곳으로 이끌어 준다.

자신보다 똑똑하지 못한 사람들과 만났을 때, 누구도

그들을 낮추어볼 권리는 전혀 없다. 물려받은 뛰어난 재능은 물려받은 엄청난 재산과 마찬가지로 전혀 자랑할 것이 아니다. 다만 재능이든 재산이든 물려받은 것을 현명하게 활용한다면 그것은 충분히 자랑할 만한 일이다.

사람을 제대로 파악하기란 책을 이해하는 것보다 훨씬 더 어렵다. 어떤 사람의 성품을 파악할 때 그 사람의 눈이 가장 훌륭한 지침이 된다.

에머슨(Ralph Waldo Emerson, 미국의 철학자 · 시인)은 "만약 입으로 말하는 것과 눈으로 말하는 것이 다른 사람이 있다면, 노련한 사람은 그 사람의 눈을 보고 판단한다."고 했다.

지나치게 친절한 말을 하는 사람은 믿지 않는 것이 좋다. 남자가 남자를 혹은 여자가 여자를 첫눈에 좋아하게 되는 일이란 없다. 그다지 친분관계도 없는 사람이 너무 강한 주장이나 약속을 한다면, 그의 말에 절대적인 신뢰를 가져서는 안 된다.

비록 그가 위선적인 사람은 아닐지라도, 아마도 과장을 하고 있는 것이거나 당신에게 원하는 것이 있는 것이다. 그러므로 단순히 친구라고 말하는 모든 사람을 친구라고 믿지 말고, 마찬가지로 너무 경솔하게 적이라고 단정해서도 안 된다.

인간은 스스로 자신이 이성적이며 지적인 존재라고 주장하며 뽐낸다. 하지만 인간이 항상 이성에 따라 행동한다고 생각하는 것이야말로 엄청난 착각이다.

인간은 묘하게 모순적인 존재이며, 종종 편견이나 감정에 치우쳐 행동하는 경우가 더 많다. 그러므로 사람들에게는 이성보다 감정에 호소하는 것이 자기편으로 만들기가 쉽다. 더 나아가 이것은 개인보다 집단에 더 확실하게 적용된다.

논쟁은 항상 어느 정도의 위험을 수반하며, 때로 냉담한 태도와 오해를 부르기도 한다. 논쟁에서 이기고 친구를 잃는 것은 아무런 이익도 되지 않는다. 만약 논쟁을 해야만 한다면, 가능한 한 상대방의 말을 인정하되 간과된 몇 가지 문제점들을 명확히 밝히도록 노력하면 된다.

만약 자신이 치악의 논쟁을 벌이고 있더라도 그것을 자각하고 있는 사람은 거의 없으며, 만약 자각하게 되더라도 기분 좋게 그것을 인정할 사람은 극히 드물다. 더 나아가, 논쟁에서 자신이 틀렸다는 것을 알았다고 해서 그대로 상대방을 인정하는 것도 아니다.

사실 논쟁을 통해 누군가를 설득시키려는 것은 전혀 무

용한 짓이라고 말해도 지나치지 않다. 자신의 뜻을 가능한 한 명확하고 정확하게 설명해서, 상대방이 확신하고 있는 견해를 흔들리게 했다면 논쟁에서 충분한 성과를 거둔 것이다. 그것이 첫걸음이다.

대화는 그 자체로 하나의 기술이며, 결코 말을 가장 많이 하는 사람이 가장 훌륭한 말을 한 사람은 아니다. 그러나 "말수 적은 보병 대위가 데카르트나 아이작 뉴턴 경보다 더 훌륭한 말동무가 될 것이다."라는 체스터필드 경의 말은 분명 지나친 면이 있다.

말을 잘하는 사람이 되는 것보다 말을 잘 듣는 사람이 되는 것이 어렵다는 것만 주장하려는 것은 아니다. 하지만 분명한 것은, 말을 잘 듣는다는 것은 절대 쉽지 않은 일이며, 매우 중요한 일이라는 것이다.

비판이나 어떤 판단에 대한 말들을 모두 받아들여서는 안 되지만, 자신의 판단을 조금 미루고 말하는 사람의 감정을 먼저 받아들이도록 노력해야 한다. 만약 당신이 친절하고 호감을 얻는 사람이라면 다른 사람들이 자주 조언을 구할 것이다. 그리고 당신은 힘들고 어려운 시기의 사람들에게 도움과 위안을 줄 수 있었다는 것에 만족감을 가질 것이다.

젊은 시절에는 지나치게 많은 관심을 기대해서는 안 된다. 그저 가만히 앉아, 다른 사람들의 이야기를 듣고 관찰해 보자. 어쩌면 한발 물러서 지켜보는 사람이 상황을 가장 잘 파악할 수도 있다.

마치 자신이 마법의 모자를 쓰고 투명인간이 된 것처럼 본인을 개입시키지 않고 바라보면, 눈앞에서 진행되고 있는 일에 대해 더 잘 파악할 수 있을 것이다.

대부분의 사람들은 스스로 생각하는 것을 매우 꺼린다. 그러한 번거로움을 피하기 위해 종종 남들이 제시하는 평가를 그대로 받아들인다.

'온화하게 대답하면 분노를 물리칠 수 있다.'(잠언 15장 1절)는 사실을 기억해야 하지만, 차라리 분노에 찬 대답이 비웃음이나 조롱보다는 덜 어리석은 짓이다. 열 명 중 아홉 명은 조롱당하는 것보다 오히려 욕설이나 감정을 상하게 하는 거친 말을 듣는 것이 더 낫다고 생각한다.

사람들은 웃음거리가 되었던 기억을 가장 오래도록 간직한다. 그래서 조롱이야말로 악마의 웃음이라는 속담은 일리가 있는 말이다.

아테네의 트라실라우스는 실성해서 피레우스 항구에 있

는 모든 배가 자신의 것이라고 생각했다. 하지만 소크라테스의 제자 크리토의 치료를 받고 회복되자, 그는 배를 전부 도둑맞았다며 이렇게 비통해했다고 한다.

"속았다는 것을 깨닫는 것보다 속은 채로 있는 것이 차라리 나았다."

체스터필드 경은 "농담으로 친구를 잃게 되는 것은 바보스러운 일이지만, 농담 때문에 중립적인 사람을 적으로 만드는 것도 똑같이 바보 같은 일이다."라고 했다.

파쿼(George Farquhar, 영국의 극작가)의 작품《멋쟁이의 계략》에는 스크럽이라는 인물이 등장해 이렇게 말한다. "저들이 저토록 와자지껄하며 웃는 것을 보니 내 이야기를 하고 있는 것이 분명해." 그러나 그처럼 너무 성급하게 자신이 경멸당하고 있다거나 조롱받고 있다고 의심할 필요는 없다. 설령 그렇다 해도 의연하게 대처하는 것이 옳다. 오히려 그들과 함께 어울려 흔쾌히 웃는다면, 상황은 전혀 다르게 전환되어 잃는 것보다 얻는 것이 더 많을 것이기 때문이다.

자신이 웃음의 소재가 되는 자리에서도 흔쾌히 함께 웃을 수 있는 사람이라면 누구나 그 사람을 좋아하게 될 것이다. 그렇게 할 수 있다는 것은 아량과 분별력을 보여주

44

는 것이기 때문이다. 가능하다면 자신을 조롱거리로 만들지 않도록 해야 하지만, 만약 자신을 놀리는 농담을 듣게 되더라도 그저 함께 웃어 주면 좋다. 그러면 그 일도 크게 불쾌하지 않은 일이 될 수 있다.

자신을 소재로 한 농담에도 함께 웃어버린다면, 다른 사람들도 비웃는 것이 아니라 그저 함께 유쾌하게 웃고 말 것이다.

가끔은 비웃음을 받을 수도 있다는 것을 미리 생각해두어도 좋다. 그러면 상처를 받지 않을 수 있다. 그렇다 하더라도 자신의 의견을 당당하게 밝힐 수는 있어야 한다.

진심이 담긴 의견을 밝힌다면 조롱받을 일이 없지만, 진심이 없는 가식적인 의견은 오히려 많은 조롱을 받게 될 것이다. 사람들은 종종 생기지도 않을 일에 대한 불만 때문에 고민하고, 화를 내면서 타인에게 냉담한 태도를 보인다. 자신의 품위를 떨어뜨리는 모욕 같은 것은 없다. 단지 스스로 자신의 품위를 떨어뜨리는 것일 뿐이다.

솔직한 태도를 가지되 신중해야 한다. 자신에 대한 말을 너무 많이 해서도 안 된다. 자신에 대한 말이든, 자신을 위한 말이든 혹은 자신에게 불리한 말이든 너무 많이 해서는 곤란하다. 하지만 누군가가 자기 자신에 대해 말하려 할 때는 최대한 다 들어주어야 한다.

그들이 자신에 대해 말하는 것은 좋아서 하는 것이며, 자신의 이야기를 성심껏 들어주는 사람에게는 더욱 호감을 갖게 될 것이기 때문이다.

어쩔 수 없는 상황이 아니라면, 어떤 경우라도 누군가를 바보나 얼간이로 생각하고 있다는 사실을 밝혀서는 안된다. 만약 그렇게 한다면, 상대방은 불만을 품게 된다. 당신이 잘못 판단한 것일 수도 있고, 또 상대방은 나름대로의 정당한 근거를 가지고 당신을 똑같이 바보라고 생각하게 될 것이다.

버크(Edmund Burke, 영국의 보수주의 정치가)는 국가를 상대로 고소장을 쓸 수는 없으며, 그 어떤 계급이나 직업을 공격하는 것도 부당하고 매우 어리석은 일이라고 했다. 개인은 종종 잊어버리거나 용서해도 사회는 절대 그렇지 않다. 그리고 개인일지라도 손해 입은 것은 용서해도 모욕당한 것은 오래 기억한다.

남에게 어리석은 사람 취급을 당한 것보다 더 마음에 사무치는 일도 없다. 만약 다른 사람의 기분을 언짢게 만들거나 그를 웃음거리로 만들었다면 절대 자신이 원하는 목적을 이룰 수 없다.

에커만(Johann Peter Eckermann, 독일의 문필가. 괴테의 비서로 지냈다)이 쓴 《괴테와의 대화》에서 괴테는 '영국인들은 공동체 내에서 너무나도 확신에 차 있고 차분해서 어느 곳에서나 그곳의 주인이며, 전 세계가 그들의 것이라고 생각하도록 만들었다'고 칭찬한다.

그 말에 대해 에커만은 영국의 젊은이들은 독일의 젊은이들보다 전혀 똑똑하지도 않고, 더 많은 교육을 받았거나 더 온화하지도 않다고 말했다.

괴테는 다음과 같이 대답한다. "내가 말하려는 것은 그것이 아니다. 그들의 탁월함은 그런 것으로 판단할 것이 아니며, 그들의 혈통과 재산도 중요하지 않다. 정확히 말하자면 타고난 본성을 지키려는 그들의 용기가 그들을 그렇게 만드는 것이다. 그들은 절대 어중간하지 않고, 완전하게 자신을 드러내는 사람들이다. 솔직히 때로는 완전한 바보들도 있다는 것을 인정하지만, 그것 역시 중요하고 가치 있는 일이다."

어떤 사업을 하거나 역경을 헤쳐나갈 때는 인내심을 가져야 한다. 풀 수 있는 매듭이라면 칼로 끊어버려서는 안된다.

사람들은 자신의 요구 사항을 해결해주는 것보다 자신

의 이야기를 들어주기를 더 원한다. 그러므로 인내하는 사람을 상대하는 적들은 제풀에 지쳐 물러나게 되는 것이다.

무엇보다 화를 내서는 안 된다. 만약 화가 난다면 어떤 경우라도 말로 표현하지 말고 겉으로 드러내지 않도록 애써야 한다.

걸핏하면 잘못된 사실을 말하거나, 나쁜 기억을 되살리거나, 의견충돌을 일으킬 만한 화젯거리를 교묘하게 끄집어내는 사람들이 있다.

인간에 대한 지식보다 더 유용한 과학 분야는 없다. 신뢰할 수 있는 사람과 신뢰할 수 없는 사람을 가리는 것뿐만이 아니라 어느 정도까지 그리고 어떤 면에서 신뢰할 수 있는지를 현명하게 판단하는 것이 가장 중요하다.

이것은 결코 쉬운 일이 아니다. 함께 일할 사람과 부릴 사람을 잘 선택하는 것이 중요하다. 고지식한 사람이든 원만한 사람이든 저마다의 특성에 맞는 일을 맡기는 것이 중요하다.

공자는 "의심스러운 사람이라면 중용해서는 안 되지만, 만약 중용했다면 의심해서는 안 된다."고 했다.

남을 신뢰하는 사람이 의심을 많이 하는 사람보다 옳은 경우가 더 많다. 그러나 완전히 신뢰하더라도 맹목적으로 신뢰해서는 안 된다. 아서 왕의 전설에 나오는 멀린은 아주 현명한 사람이었지만, 자신을 '전적으로 믿던가 아니면 아예 믿지 말라'는 요정 비비안의 호소를 경솔하게 받아들여 목숨을 잃고 말았다.

언제나 신중해야 한다. 자신의 비밀을 남에게 털어놓지 마라. 스스로 비밀을 지키지 않으면서, 남이 자신을 위해 비밀을 지켜줄 것이라 기대할 수는 없는 것이다.

현명한 사람의 입은 그의 마음속에 있고, 어리석은 사람의 마음은 그의 입 속에 있다. 어리석은 사람은 자신이 알고 있거나 생각하는 것을 모두 입 밖으로 내뱉는다. 사람은 늘 생각해야 하며, 이성에 의지해야 한다. 이성이 언제나 아무런 결점이 없는 것은 아니지만, 그래도 이성에 의지한다면 잘못을 할 가능성은 적어진다.

말이 은이라면, 침묵은 금이다.

말할 것이 있어서가 아니라 말하는 것을 좋아해서 말을 하는 사람들이 많다. 말은 혀가 아닌 두뇌의 활동으로 이루어져야만 한다. 말하는 것 자체를 좋아해서 하는 말 즉, 수다는 성공에 거의 치명적인 영향을 끼친다.

조셉 버틀러(Joseph Butler, 성공회의 신부)는 자신의 《설교집》에서 이렇게 말했다.

"사람들은 그저 자신이 하는 말에 열중해서 애초에 하

려 했던 것과는 전혀 다른 말을 성급하게 하게 된다. 그러고는 말하지 않았으면 좋았을 것이라고 나중에야 후회한다. 또한 의도하지도 않았던 부적절한 말을 내뱉어 버리고는 자신의 말에 자기가 얽매였다는 것을 알게 된다. 이처럼 무절제하고 경솔한 말은 인생에 있어 수많은 해악과 고뇌를 불러일으킨다. 그로 인해 사람들은 분노에 싸이게 되고, 사람들 사이에 분쟁과 불화의 씨를 뿌리며, 그냥 두었다면 저절로 사라졌을 사소한 불쾌감과 모욕감을 크게 부추기게 되곤 한다."

플루타르크는 우리에게 스파르타의 왕 데마라토스의 이야기를 들려주었다. 회의중에 계속 침묵하고 있는 데마라토스에게 누군가가, 아무 말도 하지 않는 이유가 바보이기 때문인지, 아니면 할 말이 없기 때문인지를 물었다. 왕은 이렇게 대답했다. "바보는 침묵을 지킬 수 없소."

✝ ✝ ✝

성급하게 말을 내뱉는 사람을 보지 않았느냐?
그런 사람보다는 미련한 자에게 오히려
더 바랄 것이 있느니라.

−잠언 28장 20절

절대로 자신의 우월함을 과시하려고 하면 안 된다. 의기소침해지는 것보다 더 사람을 괴롭게 만드는 것은 없다.

너무 단정적으로 말하지 않는 것이 좋다. 제아무리 확신한다 해도 틀릴 수가 있기 때문이다.

기억은 우리에게 이상한 속임수를 부리며, 귀나 눈도 때로는 우리를 속인다. 비록 가장 소중하게 간직하고 있는 생각일지라도 확실한 근거가 없는 편견일 수도 있다. 만약 자신의 생각이 옳다 해도, 강력한 주장을 지나치게 내세우지 않는다 해서 잃을 것은 없다.

다시 말하자면, 너무 확신에 찬 행동도 하지 말고, 어떤 경우라도 단 한 가지의 가능성도 배제해서는 안 된다는 것이다. '입에 든 떡도 넘어가야 자기 것'이다. 다 끝내기 전에 방심은 금물이다. 기회는 기다리는 법을 아는 사람들에게 찾아오는 것이라는 말이 있다. 실제로 그 기회가 왔을 때 잡으면 되는 것이다.

†††

할 수 있을 때 하지 않으면,

정작 하려고 할 때 할 수 없게 된다.

−영국 민간 설화

일단 찾아온 기회를 내버려 두면, 다시는 그 기회를 잡을 수 없게 된다. 인간사에는 때가 있기 마련이다.

✝ ✝ ✝

인간사에도 조류가 있기 마련이다.
밀려오는 파도를 잘 타면, 행운을 얻게 되지만
그 기회를 놓치면, 인생의 모든 여정이
얕은 물속에 갇혀 비참한 신세가 된다.
지금 우리는 풍부하게 넘실대는
만조의 물 위에 떠 있다.
지금 우리에게 주어진 그 물결을 잘 타야만 한다.
그렇지 못한다면 우리의 모험은 실패할 것이다.

―셰익스피어, 《줄리어스 시저》 4막 3장

자신의 것을 잘 지켜야 한다. 지키지 못하면 다른 사람이 가져갈 것이다. 달려 나가기 전에 앞을 보아야 한다. 달리기 시작한 후에 앞을 보는 것은 아무런 소용도 없는 법이다.

신중하게 처신해야 하지만, 너무 신중해서도 안 된다.

실수할 것을 너무 두려워할 필요도 없다. '실수를 저지르지 않는 사람은 아무것도 이룰 수 없기' 때문이다.

언제나 옷차림을 단정하게 해야 한다. 어차피 입어야 하는 옷이라면 잘 차려입는 것이 좋다. 형편에 어울리지 않게 지나치게 화려한 옷을 입어서는 안 되지만, 될 수 있으면 좋은 옷을 입도록 신경을 써야 한다. 놀랍게도 아주 많은 사람들이 당신이 차려입은 옷으로 당신을 판단한다.

만나는 많은 사람들이 주로 당신의 겉모습을 보고 판단하며, 또 당신도 상대를 겉모습으로만 판단하는 경우가 많다. 눈과 귀가 마음을 열어주는 법이다.

백 명의 사람들 중에 오직 한 사람만이 당신의 본모습을 알게 된다. 더 나아가 자신의 옷차림에 무관심하고 단정치 못한 사람이라면, 반드시 그런 것은 아닐지라도, 다른 일에서도 마찬가지로 무관심할지도 모른다고 생각하는 것은 일리가 있는 생각이다.

어떤 모임에 갔을 때, 가장 예의 바르고 유쾌한 태도를 가진 사람을 유심히 살펴보면 '예절이 성공을 불러온다.'는 옛 속담은 약간 과장된 것이기는 해도 상당한 진실을 담고 있음을 알 수 있다. 베이컨(Francis Bacon, 영국의 철학

자)은 '호감을 주는 외모는 영원히 써먹을 수 있는 추천장'
이라고 말하기도 했다.

미들톤 주교가 말했듯 이러한 '자세나 몸가짐은 모든 이
들에게 중요한 것이며, 어떤 이들에게는 가장 중요한 것'
이기도 하다. 또한 체스터필드 경은 "사람의 마음을 얻은
다음이라면 그것을 확고하게 지켜주지만, 재능과 지식만
으로 마음을 얻을 수는 없다. 복장과 분위기 그리고 몸가
짐으로 눈길을 끌고, 우아하고 조화로운 말씨로 귀를 즐겁
게 해주면, 분명 사람들의 마음을 사로잡을 수 있다."라고
말하기도 했다.

누구에게나 눈과 귀는 있지만, 올바른 판단력을 가진
사람은 드물다. 이 세상은 하나의 무대이다. 우리는 모두
배우이며 누구나 이 연극의 성공은 배우들의 연기에 달려
있다는 것을 잘 알고 있다.

체스터필드 경은 자신의 아들에 대해 이렇게 말했다.

"매우 기쁘게도 그 아이를 아는 곳에서는 모두 그 아이
가 사랑받고 있다고 사람들은 말한다. 하지만 나는 그 아
이가 알려지기 전에 호감을 얻고, 그 후에 사랑을 받게 되
다면 좋겠다. (…) 만약 외모에 관련된 것들을 대수롭지
않게 생각한다면, 인간의 본성에 대해 거의 알 수 없게 될

것이다. 외모에 많은 신경을 써야 한다. 일반적으로 우리는 사람의 마음을 제대로 파악하지 못하지만, 훌륭한 외모는 언제나 사람들의 마음을 사로잡는다."

미의 여신 그레이스는 예술의 신 뮤즈만큼이나 인간에게 많은 도움을 준다. 우리 모두가 알고 있듯 '말을 훔쳐도 괜찮은 사람이 있는 반면에 말 울타리를 넘겨보기만 해도 비난을 받는 사람이 있다.'는 속담이 있다. 그 이유는 무엇일까? 한 사람은 그 일을 눈에 보기 좋게 처리하지만, 다른 사람은 그 일을 눈에 거슬리게 하기 때문이다.

호라티우스(Horatius, 고대 로마의 시인)는 웅변과 예술의 신인 머큐리마저도 미의 여신 그레이스의 도움이 없었다면 아무런 능력을 펼치지도 못했을 것이라고 했다.

The Use of life

바구니 하나에 너무 많은 달걀을 한꺼번에 담아서는 안 된다.
제아무리 좋은 충고를 듣고, 제아무리 꼼꼼히 문제를 점검했
어도 모든 계산을 뒤엎을 어떤 일이 발생할 수 있다.

제3장

소유해야 할 것과 버려야 할 것들

영국인들은 경제에 대한 충분한 이해가 없다. 영국인들
은 열심히 일하고, 나름대로 돈은 많이 버는 것 같은데,
다른 나라 사람들과 비교하면 검소하지는 않은 것 같다.
인생 경험이 많은 현명한 퀘이커 교인은 이렇게 말했다.

"아들아, 네가 부자가 될지 말지는 네가 돈을 얼마나 버
느냐가 아니라 얼마를 쓰느냐에 달려 있단다."

'절약thrift'이라는 단어가 '번창하다thrive'라는 단어에서
파생되었다는 것만 보아도 알 수 있다. 그러니 어떤 물건
을 사기 전에는 그 물건이 반드시 꼭 필요한 것인지를 먼
저 따져보는 것이 좋다.

어떻게 부자가 될 것인가의 문제를 떠나, 앞으로 꼭 필

요한 때를 대비해 절약을 해야 하는 것은 현명하고도 당연한 일이다. '가난이 대문으로 들어오면, 사랑은 창문으로 날아가 버리고 만다.'라는 참 씁쓸한 속담도 있지만, 아내와 아이들이 헐벗고 굶주리거나, 아파도 치료를 못 받고 휴식이나 요양도 할 수 없는 상황이 된다는 것은 매우 슬픈 일이다. 게다가 만약 조금만 더 열심히 일을 했거나, 쓸데없는 향락을 거절했다면 그러한 고통과 근심걱정을 하지 않았을 것이라고 생각하면 더욱 안타까운 일이다.

늘 소비와 지출에 대해 신경 쓰고, 꼼꼼하게 기록해야 한다. 모든 내역을 전부 기록해야 한다는 것은 아니지만 기록을 통해 돈을 어떻게 썼는지, 어떤 물건을 얼마에 구입했는지 알고 있어야 한다. 자신의 수입과 지출을 알고 있는 사람이라면 터무니없는 낭비를 하지 않게 된다. 자신이 하고 있는 일에 무관심한 사람들은 돈 씀씀이가 헤퍼지기 시작한다. 두 눈을 부릅뜨고 있는 사람은 절대 파멸의 벼랑 끝에 다다르지 않는다.

그렇게 수입과 지출을 파악하고 있으면, 어떤 일이든 자신의 수입 범위 내에서 하게 된다. 아무리 적어도 매년 일정하게 저축을 한다. 그리고 무엇보다 중요한 것은 빚을 지지 않는 것이다.

빚을 지는 것은 노예가 되는 것이다. 이 말은 아무리 강조해도 지나치지 않다. '돈을 빌리러 가는 사람은 슬픔에 빠지러 가는 사람'이라는 영국 속담이 있다. 빚을 지는 순간 유쾌하지 않은 일들을 많이 겪게 될 것이다.

인생 경험이 풍부한 언론인 호레이스 그릴리(Horace Greeley, 미국의 저널리스트·정치가)의 말은 참으로 적절하며 진리다.

"인생에는 굶주림과 추위, 헐벗음, 중노동, 모욕, 의심, 부당한 비난 등 싫은 일들이 많다. 하지만 그 중에서도 빚을 지는 것이야말로 가장 끔찍한 일이다. 절대 빚을 져서는 안 된다. 가진 돈이라고는 50센트밖에 없고 그 돈으로 일주일을 버텨야 한다면, 차라리 그 돈으로 옥수수 한 봉지를 사서 죽을 쑤어 먹으며 연명하는 것이 남에게 1달러를 빌리는 것보다 낫다."

코브던(Richard Cobden, 영국의 정치가)은 이렇게 말한다.

"이 세상은 언제나 모으는 사람과 쓰는 사람 즉, 절약하는 사람과 낭비하는 사람이라는 두 부류로 나뉜다. 모든 집과 공장과 교량, 선박 그리고 인간을 문명화하고 행복하게 해준 모든 위대한 과업들의 성취는 검소하고 절약하는 사람들이 이룬 것이다. 그리고 자신들이 가진 자원을 모두 낭비한 사람들은 언제나 그들의 노예가 되었다.

그렇게 되어야만 하는 것이 자연의 법칙이며 신의 섭리였다. 내가 만약 절약하지 않고 생각도 없으며 게으르게 사는 사람들이 성공할 것으로 예측한다면 나는 분명 사기꾼일 것이다."

플루타르크는 "에페수스에 있는 아르테미스 신전에서는 채권자로부터 채무자들을 보호해주는 피난처를 제공한다. 그러나 소박한 사람들을 위한 검약이라는 성소는 어디에나 열려 있어서, 그들이 즐겁고 명예롭게 생활할 수 있도록 해주며, 마음 편히 쉴 수 있는 널찍한 공간을 제공해준다."라고 했다. 그러므로 사업상 꼭 필요한 경우가 아니라면, 돈을 꾸거나 빌려주지도 말아야 한다.

돈을 꾸어준 사람은 돈을 받기는커녕 고마움의 말조차 듣지 못할 것이다. 빚을 진 사람들은 언제나 자신이 피해자라고 생각하기 때문이다. 여유가 있어 남에게 줄 수 있다면 주되, 돌려받을 것은 기대하지 말아야 한다.

만약 처음에 돈이 잘 벌리지 않는다 해도, 실망하지 않아야 한다. 제아무리 길게 이어진 길도 갈라지지 않는 경우는 없다. 그리고 처음에 돈이 쉽게 벌린다고 모두 써버려서도 안되고, 궂은 날을 위해 어느 정도는 모아두어야 한다. 험난한 길이 그렇듯이 평탄한 길에도 갈라지는 길은 있다는 것을 기억해야 한다.

시간이 흐르면서 지갑을 열어야 할 일이 점점 더 많아질 수도 있다. 처음에 너무 많은 돈을 벌어 결국에는 망하는 사업가들도 많이 있다.

성급하게 부자가 되려고 해서는 안 된다. 러스킨(John Ruskin, 영국의 비평가)은 "그림보다 그림값을 먼저 생각하지 않는다면, 언젠가는 그림이 제값을 받게 될 것이다."라고 했다.

돈 때문에 근심 걱정하지 말아야 한다. 비록 큰돈을 벌어들일 수 있는 사람은 적지만, 근면하고 절약하는 사람이라면 누구나 생계는 꾸려갈 수 있다. 종종 정직하지 못한 방법으로 부자가 된 이야기를 듣기도 하지만, 사실 정직해서 가난해지는 경우도 드물다. 가난한 사람이란 적게 가진 사람이 아니라 지나치게 많은 것을 욕심내는 사람이다.

병리학자인 제임스 패짓 경은 강연을 통해 자기 제자들의 경력과 관련된 재미있는 통계를 발표했다.

1,000명의 제자들 중 200명은 의사를 그만두고 부자가 되거나 일찍 죽었다고 한다. 나머지 800명 중에서 600명

은 어느 정도 자리를 잡았으며, 그중에는 크게 성공한 사람들도 있다. 전체 제자들 중 단지 56명만이 완전히 실패했다. 그들 중 15명은 시험을 통과하지 못했으며, 10명은 무절제하고 방탕한 생활로 폐인이 되었다. 전체 1,000명 중에서 오직 25명만이 스스로는 어찌해볼 도리가 없는 불가항력적인 원인으로 실패를 겪어야 했던 것이다.

이런 의학 분야와 마찬가지로 삶의 다른 분야에서도 자신을 쓸모 있는 사람으로 만들기 위해 스스로 노력한다면 충분히 제 역할을 할 수 있다고 확신해도 좋다.

사실, 살아가면서 실질적으로 필요한 것들에 대해서는 그다지 크게 걱정할 필요는 없다. 자연은 적게 요구하고 많은 것을 제공해준다. 그와는 반대로 사치에는 아주 큰 비용이 필요하다. 프랭클린이 말했듯 '한 가지 악습을 유지하는 데 필요한 돈으로 두 명의 자녀를 키울 수' 있다.

웰링턴 공작(Arthur Wellesley, 영국의 정치가)의 현명한 말처럼, 이율이 높다는 것은 안정성이 나쁘다는 것이라는 사실을 기억해야 한다.

바구니 하나에 너무 많은 달걀을 한꺼번에 담아서는 안 된다. 제아무리 좋은 충고를 듣고, 제아무리 꼼꼼히 문제를 점검했어도, 모든 계산을 뒤엎을 어떤 일이 발생할 수 있다. 가장 똑똑한 사업가나 은행가도 실수를 저지른다. 현명한 사업 전문가들이 기대하는 것은 한결같이 보편적으로 타당해야 한다는 것이다.

우리는 어린 시절에 2 더하기 2는 4가 된다는 것을 배웠지만, 그 답이 22가 될 수도 있는 것이다. 산술적으로는 2 더하기 2는 4가 된다는 것이 너무나도 명확한 사실이지만, 세상을 살아가는 처세술에 있어서는 그 생각이 잘못된 것일 수 있다. 수업시간에 배운 것을 분별없이 적용해 실패를 겪는 사람들도 많이 있다.

모든 일은 침착하게 처리하면 좋다. 브로엄 경(Henry Brougham, 영국의 정치가)은 사진 촬영을 할 때면 항상 차분히 앉아 있지를 못해서 흐릿한 사진밖에 없다는 이야기가 있다.

월터 배젓(Walter Bagehot, 영국의 경제·정치학자)은 사업을 하는 많은 사람들이 사무실에 차분히 앉아 있지 못해 실패한다고 말하기도 했다.

자신이 원하든 원하지 않든 사람은 누구나 어떤 의미에서 사업가라고 할 수 있다. 우리에겐 모두 지켜야 할 의무가 있으며, 잘 꾸려야 할 가정이 있고, 지출을 잘 조절해야 한다. 사소한 일들도 때로는 큰 문제들만큼이나 어렵고 해결하기 힘들 때가 있다.

다행히 사업의 성공은 천재적인 재능보다는 상식과 관심 그리고 주의력에 따라 결정된다. '당신의 가게를 잘 지켜라. 그러면 그 가게가 당신을 지켜줄 것이다.'라는 속담이 있다.

크세노폰(Xenophon, 그리스의 철학자) 역시 비슷한 내용의 이야기를 한다. "자신의 천리마를 빨리 살찌워 튼튼하게 만들기를 원했던 페르시아의 왕이 있었다. 왕은 말에 대해 가장 잘 아는 사람에게 말을 최대한 빨리 살찌울 방법을 물었다. 그러자 그는 '주인의 눈'이라고 대답했다."

사업에서는 특히 효율적인 습관을 기르는 것이 매우 중요하다. 얼마 전, 탁월한 친구 중의 한 명이 이런 이야기를 해주었다.

뛰어난 능력과 훌륭한 성품을 지녔음에도 불구하고 인생에서 성공을 거두지 못한 사람들에 대한 여러 사례들을 곰곰이 따져보았더니, 그들이 실패하는 가장 흔한 원인은 그들이 결정을 미루고, 시간을 제대로 지키지 않으며, 다른 사람들과 진심으로 협력하지 않고, 사소한 일에 매달리기 때문이라고 한다. 바로 그런 것들이 사업에서의 비효율적인 습관들이다.

중요한 일에서와 마찬가지로 사소한 일에서도 순서와 방법은 무척 중요한 것이다. 적재적소야말로 성공을 위한 황금률이며, 어떤 물건을 사용한 후에 제자리에 치워두는 약간의 수고만 한다면, 그것들을 다시 사용해야 할 때 시간과 노력을 많이 줄일 수 있다.

크세노폰은 《경제》에서 이렇게 말한다.

"무질서란 농부가 곳간에 보리와 밀 그리고 완두콩을 한꺼번에 몰아넣어둔 것과 같은 일이다. 나중에 보리빵이나 밀빵 혹은 완두콩죽을 만들려고 할 때 한 번에 사용하지 못하고 한 알씩 골라내야 하는 것과 같다."

가장 위대하고 뛰어나며 행복한 삶을 살았던 사람 중에도 몹시 가난했던 사람들이 많았다. 워즈워스(William Wordsworth, 영국의 시인)와 그의 누이는 수년 동안 한 주에 30실링으로 살았다고 한다. 나는 그때가 오히려 그의 인생 중 가장 행복했을 시기였다고 생각한다.

부자가 될 운명을 타고나지 못했다 해도, 인간적인 관계와 애정이 있다면 이 세상이 모두 내 집이나 자그마한 오두막과 같은 아늑한 장소가 될 것이며 언제나 맑고 밝은 얼굴을 마주하게 될 것이다.

리처드 백스터(Richard Baxter, 영국의 청교도파 목사 · 저술가)는 "현세의 왕국이 거지에게 주어지지는 않겠지만, 하늘의 왕국은 거지의 것이 될 수 있다."고 했다.

"신은 마구간 외의 장소에서 예언자를 선택한 적이 없다."라는 마호메트의 말이 좀 지나치다 하더라도, 실제로 놀라울 정도로 많은 위인들이 가난한 삶을 살았다. 돈이 우리에게 해줄 수 있는 일들을 과장해서 생각하는 것이야말로 우리가 일반적으로 가장 잘못 생각하는 것이다.

공자는 이렇게 말했다.

"제나라의 환공은 엄청난 부자였지만 아무도 그를 좋아하지 않았다. 반면에 백이는 굶어죽었지만 지금도 사람들이 그의 죽음을 애도한다."

☨ ☨ ☨

마음에 있는 생각이야말로 그 사람의 재산이다.

―미얀마 속담

비록 황금으로 만들어졌다 할지라도, 족쇄라면 모두 다 나쁜 것이다. 돈은 분명 수많은 근심, 걱정의 원인이다.

돈은 가난만큼이나 걱정스러운 것이며, 실제로 돈의 주인이 아닌 돈의 노예가 된 부자들이 많다.

윌슨 주교(Thomas Wilson, 영국의 신학자)의 말처럼 '부유함은 그것을 가진 사람들의 걱정거리일 뿐만 아니라 고통'일 때가 많다.

많은 사람들이 분명 돈 때문에 몰락했으며, 전반적으로 부자들이 가난한 사람들보다 더 돈 문제를 걱정하는 것 같다. 현명한 사람만이 재산으로 행복을 얻을 수 있다. 부를 지나치게 열망하는 사람은 언제나 가난뱅이가 될 수밖에 없을 것이다.

러스킨은 이런 말을 했다. "작은 집에 살면서 워릭 성(Warwick Castle, 영국인들이 사랑하는 최고의 성으로 꼽히는 중세의 성)을 바라보며 감탄하는 것이 워릭 성에 살면서 전혀 감탄할 것이 없는 삶보다 훨씬 더 행복할 것이다."

부를 즐기며 살고자 한다면, 그 부에 마음을 빼앗겨서는 안 된다. 사디(Sadi, 페르시아의 시인)는 "어지간한 풍족함은 당신을 태우고 가지만, 지나치게 많아지면 당신이 그것을 끌고 가야 한다."고 말했다.

‡ ‡ ‡

타고 다닐 낙타는 없지만, 내겐 짐이나 속박도 없다네.
다스릴 백성은 없지만, 그 어떤 군주의 말도 두렵지 않지.
내일을 생각하지도 않고, 지나간 날들의 슬픔도 기억하지
않네. 그런고로 나는 다툼에도 말려들지 않고, 평온하게
산다네.

—사디

세네카는 "가난한 사람은 많은 것을 원하지만, 탐욕스
러운 사람은 모든 것을 원한다. 우리들의 이 작은 몸속에
어쩌면 그처럼 끝없는 욕망이 있을 수 있을까!"라고 말하
기도 했다.

크세노폰의 《향연》에서 카르미데스(Charmides, 플라톤의
삼촌이자 소크라테스의 제자)는 가난한 것이 부유한 것보다
낮다는 주장을 펼치며 다음과 같이 말한다.

"안전하다고 느끼는 것이 두려움 속에 있는 것보다 낫
고, 노예로 사는 것보다는 자유롭게 사는 것이 더 나으며,
국가의 불신을 받는 것보다 신뢰를 받는 것이 더 낫다는
것은 모두 인정할 것이다. 하지만 이 도시에서 부자로 살
때 나는 누군가 집에 침입해서 돈을 강탈해 가거나 해치지

않을까를 무엇보다 두려워했다. (…) 이제 나는 편안하게 잠들 수 있다. 신전에 나와 봉사하라는 요구도 받지 않게 되었고, 정부의 의심을 받을 만큼 부자도 아니다. 나는 자유롭게 도시를 떠나기도 하고, 편안하게 머물기도 한다.

부자였을 때, 사람들은 내가 소크라테스를 비롯한 신분이 낮은 철학자들과 어울린다며 비난했다. 하지만 이제 나는 친구들을 선택할 수 있다. 나는 가난해졌고, 더 이상 내게 관심을 두는 이들이 없기 때문이다.

많은 것을 가지고 있을 때, 나는 늘 불행했다. 항상 무언가를 잃어버렸기 때문이다. 이제 나는 가난하고, 아무것도 빼앗기지 않는다. 가진 것이 없기 때문이다. 하지만 나는 이제 무언가를 갖게 될 수 있다는 희망으로 줄곧 위로를 받으며 즐거운 마음으로 산다."

현명하게 사용하기만 하면, 돈은 많은 일들을 할 수 있게 해준다. 황금은 곧 권력이다.

재치 있는 리바롤(Antoine Rivarol, 프랑스의 작가)은 이렇게 말한다. "돈은 왕 중의 왕이다."

돈은 우리가 원하는 것들을 갖게 해주는 수단이다. 신선한 공기와 좋은 집, 책들과 음악 등 우리가 즐길 수 있는 것들은 돈으로 살 수 있다. 한가한 여가시간이 필요하다면 돈으로 얻을 수 있다.

세상을 둘러보는 것이 즐겁다면, 돈으로 그 여행 경비를 지불할 수 있다. 친구를 돕고 싶을 때, 곤경에 빠진 사람을 구해주고 싶을 때, 돈이 우리에게 베풀어주는 이러한 축복은 커다란 특권이다.

스위프트(Jonathan Swift, 영국의 풍자작가 · 성직자. 《걸리버 여행기》로 유명하다)는 '돈은 마음속에 간직하지 말고, 머릿속에 두라'고 했다. 돈 그 자체를 사랑하는 사람, 지나치게 아끼는 사람, 그저 탐욕을 부리기만 하는 사람은 비참한 인생을 살고 있는 사람이다.

우리가 인생에서 배워야 할 한 가지 교훈은 비열하고 사소한 걱정거리들에서 벗어나야 한다는 것이다. 그리고 돈을 사랑하는 것은 가장 비열한 일들 중의 한 가지다.

제4장
자신을 위한
마법의 시간을 만들어라

널리 알려져 있듯이 공부만 하고 전혀 놀지 않으면 굼뜬 아이가 된다. 집 안에 틀어박혀 공부만 하게 되면 연약한 아이가 되고 결국에는 나약한 어른이 되는 것이다. 놀이를 즐기는 것은 절대 시간 낭비가 아니다. 놀이는 신체를 단련하는 데 중요한 역할을 한다.

놀이는 건강을 지켜줄 뿐만 아니라, 일을 할 때 필요한 활력도 공급해준다. 놀이를 통해 다른 사람들과 협력하는 방법도 배울 수 있다. 사소한 일들은 양보하고, 공정하게 놀이를 즐기며 지나치게 자신만의 이익을 추구하지 않는 법을 배우게 된다.

놀이는 육체적인 건강만큼이나 정신적인 건강에도 도움이 된다. 용기와 인내심, 자제력과 쾌활함 같은 성품들은 책을 통해서는 얻기 힘든 것들이다.

워털루 전쟁의 승리는 이튼(Eton School, 영국 이튼의 명문 사립중등학교)의 운동장에서 비롯된 것이라는 웰링턴 공작의 말은 지극히 옳다. 학교에서 가르치는 가장 훌륭하고 유용한 교훈 중의 많은 것들이 바로 운동장에서 이루어진다. 그렇다 해도 놀이는 인생의 본업이 아닌, 여가활동으로만 삼아야 한다.

놀이가 건강에 미치는 중요성에 대해 우리 시대의 저명한 병리학자의 이야기를 들어보자. 제임스 패짓 경은 다음과 같이 말했다.

"놀이는 훌륭하게도 여가활동의 주요한 특성들을 모두 갖추고 있다. 그리고 이런 장점 외에 사업이나 다른 일상적인 활동에서도 가치가 큰 도덕적인 영향까지 끼친다. 놀이는 금전에 대한 관심을 불러일으키지 않으면서, 특별한 동기가 없어도 서로 협력하도록 이끌기 때문이다.

놀이는 공정하고 호의적인 태도로 함께하게 될 사람들과 동료가 되도록 이끌어준다. 놀이는 타인과의 협력이 인생의 모든 조건 중에서도 성공을 위한 가장 강력한 힘이 된다는 것을 가르쳐준다.

관습적인 면에서 놀이는 공정성을 가르쳐주기도 한다.

제아무리 경쟁이 심해져도 반칙은 불명예스러운 행위라는 것에 모두 동의한다. 그리고 공정하게 놀이를 즐기는 것에 익숙해진 사람들은 사업에서도 공정한 태도를 갖게 된다.

여가활동에서 높은 수준의 정직성을 지키다보면 자연스럽게 사람들은 법의 테두리를 벗어난 일들을 경멸하게 될 것이다. (…) 이제 모든 활동적인 여가활동에서 찾아볼 수 있는 특성들을 살펴보자면, 그것들은 모두 다음과 같은 세 가지 요소 중 한 가지 이상을 포함하고 있다는 것을 알 수 있다.

그 세 가지는 바로 불확실성, 경이로움, 일반적인 업무에서 필요한 것과는 다른 기술을 습득할 기회이다. 특히 이 세 가지 요소의 타당성은 대부분의 직업에서 얻을 수 있는 것들과는 전혀 다른 즐거운 변화를 안겨준다는 것이다. 일상적인 직업에서는 사용하지 않아 약화되거나 상실될 수 있는 능력과 재량권을 훈련시킬 기회를 제공해주는 것이다."

일반적으로 스포츠라 하면 주로 사냥과 사격 그리고 낚시를 가리킨다. 이러한 여가활동은 직접 즐기지 않는 사람들도 상당한 매력을 느끼고 있는 것 같다. 하지만 문명이 발달함에 따라 살아 있는 생명을 빼앗는 스포츠는 점차 줄게 될 것이며, 동물을 죽이는 행위보다 살아있는 동물들에서 더욱 더 큰 즐거움을 발견하게 될 것이다. 그리고 신선한 공기를 만끽하며 운동을 하는 또 다른 좋은 방법들이 더 많이 있다는 것도 알게 될 것이다.

그동안 깨끗한 물이 주는 혜택에 대한 글들이 많이 발표되었지만, 사실 우리는 신선한 공기의 혜택도 그만큼 많이 받고 있다. 신선한 공기는 얼마나 놀라운 것인지!

공기는 우리 몸 구석구석으로 스며들어와, 너무나도 부드럽게 피부를 감싸주기 때문에 그 존재를 잘 의식하지 못한다. 하지만 우리 방 안으로 꽃과 과일 향기를 실어오고, 바다 위의 배를 움직이며, 바다와 산의 순수함을 도시 한가운데로 옮겨올 만큼 강하기도 하다.

공기는 소리를 운반하는 도구이다. 사랑하는 사람의 목소리와 자연의 감미로운 음악을 우리들에게 전해준다. 공기는 대지를 적셔주는 비의 커다란 저장소이다. 한낮의 열기와 한밤의 냉기를 부드럽게 조절해준다.

공기는 우리의 머리 위에 장엄한 푸른 하늘을 펼쳐주며 아침과 저녁의 하늘을 붉게 밝혀준다. 너무나도 부드럽고 순수하고 온화하며 또한 너무나도 유용하다. 공기의 요정 아리엘(Ariel, 셰익스피어의 《템페스트》에 등장하는 장난꾸러기 요정)이 자연계의 모든 요정 중에서도 가장 섬세하고 사랑스러우며 매력적이라는 것은 전혀 놀라운 일이 아니다.

종종 날씨가 나쁘다는 소리를 듣곤 하지만, 사실 나쁜 날씨라는 것은 없다. 다양한 방식으로 나타날 뿐, 날씨는 모두 기분을 좋게 해준다.

간혹 농부나 농작물에 나쁜 날도 있겠지만 어떤 날씨이든 다 좋다. 햇빛은 따사롭고, 비는 신선하며, 바람은 기운을 북돋아주고, 눈은 마음을 상쾌하게 해준다. 러스킨이 말했듯이, 진짜 나쁜 날씨라는 것은 없으며, 다만 여러 종류의 좋은 날씨가 있을 뿐이다.

휴식은 게으름과는 다르다. 때때로 여름철 한낮에 나무 아래의 풀밭에 누워 졸졸 흐르는 물소리를 듣거나, 푸른 하늘 위로 떠다니는 구름을 보는 것은 전혀 시간 낭비가 아니다.

운동을 하면 맑은 공기를 마음껏 누릴 수 있으니 더 많은 이점을 얻을 수 있다. 말을 타고 달리는 것만큼 건강에 좋은 운동은 없다. 모든 사람들이 적어도 하루에 두 시간쯤은 탁 트인 곳에서 신선한 공기를 마시는 것을 가장 중요하고 경건한 의무로 삼아야만 할 것이다.

신선한 공기는 신체는 물론 정신 건강에도 좋은 영향을

준다. 자연은 마치 들려주고 싶은 커다란 비밀이 있는 것처럼 언제나 우리에게 말을 걸고 있는 것처럼 보인다. 사실 때로는 그런 비밀을 들려주기도 한다.

땅과 하늘, 숲과 들판, 호수와 강, 산과 바다는 훌륭한 선생님들이다. 책을 통해 배우는 것보다 더 많은 것들을 우리에게 가르쳐준다. 만약 시골로 가서 강에서 직접 노를 저어보거나, 숲 속에서 꽃들을 모으거나, 구덩이에서 화석을 찾거나, 해변에서 조개껍질이나 해초를 줍거나, 운동을 하면서 신선한 공기를 마음껏 들이켠다면 건강을 얻을 수 있을 것이다. 그뿐만 아니라 걱정 근심도 크게 줄어들거나 모두 사라진다는 것을 알 수 있을 것이다.

자연은 우리를 평화롭게 해주고 힘을 북돋아준다. 자연은 우리의 정신을 보다 평온하고 보다 즐겁게 해준다.

쾌락과 오락에만 몰두하는 삶은 당연히 이기적이고 참을 수 없을 만큼 무미건조한 것이다. 놀이가 인생의 모든 것이 되어서는 안 된다. 하지만 적절히 즐기는 것은 게으름과는 다르다.

인생을 즐기지 못하는 것은 순전히 우리의 잘못이다. 러스킨은 "인생에서 누구나 성취를 이루는 것은 아니지만, 누구나 인생을 즐길 수는 있다."라고 했다.

《아라비안 나이트》에서 가장 신비로운 힘을 갖고 있는 것 중에 마법의 양탄자가 있다. 그 위에 앉게 되면 자신이 원하는 모든 곳으로 갈 수 있다. 이제는 철도가 그러한 역할을 하고 있다. 러스킨은 "우리가 점점 더 많은 것을 보게 된다면, 점점 더 상상력을 키울 수 있다."고 했다.

'좋은 대화'는 이 세상을 살아가는 데 있어 가장 훌륭한 것 중의 하나라고 다시 한 번 추천하고 싶다. 좋은 대화는 인간의 정신과 몸에 놀라운 힘을 주는 보약이며 좋은 음식이다.

인간의 재능 중에서 대화의 기술만큼 다양한 차이를 나타내는 것도 없을 것이다. 머리는 아주 명석하지만, 그것 외에는 그다지 기대할 만한 것이 전혀 없는 사람들이 있다. 대화를 잘하는 사람은 언제나 환영을 받는다.

다른 모든 일이 그렇듯이, 대화의 기술 역시 훈련할 수 있으며, 부단한 연습 없이 말을 잘하기를 기대할 수는 없다.

윌리엄 템플 경(William Temple, 영국의 종교철학가)은 '좋은 대화의 첫 번째 요소는 진실이며, 두 번째는 좋은 판단력, 세 번째는 유머 감각 그리고 네 번째는 위트'라고 했다. 앞의 세 가지 요소는 대부분의 사람들이 어느 정도 갖출 수 있는 것들이다.

사람들은 대화를 통해 많은 것들을 배운다. 베이컨은 말한다. "질문을 많이 하는 사람은 많은 것을 배울 수 있으며, 만족감도 크다. 특히 상대방이 아주 잘 알고 있는 것에 대해 묻는다면 그 효과는 더욱 크다. 질문을 받은 사람은 즐거운 마음으로 대답해줄 것이고, 그로 인해 질문한 사람도 지속적으로 더 많은 지식을 얻을 수 있을 것이기 때문이다."

우리는 어린이들의 미적 감각을 충분히 계발해주지 못하고 있다. 또한 어른들의 경우도 마찬가지이다. 하지만 미적 감각이 주는 기쁨만큼 순수하고, 값지며, 쉽게 얻을 수 있고, 늘 함께 할 수 있는 것이 있을까!

나무와 나뭇잎, 과일과 꽃, 푸른 하늘, 양털 같은 구름, 반짝이는 바다, 호수의 잔물결, 강물 위로 비치는 어슴푸레한 빛, 풀밭 위에 드리운 그늘, 한밤중의 달과 별들에서 짜릿한 기쁨을 얻을 수 있는 사람들이 있다.

하지만 그런 모든 것에서 아무런 감흥을 얻지 못하는 사람들도 있다. 그런 사람들은 새와 곤충, 나무와 꽃, 강과 호수와 바다, 해와 달과 별 등에서도 아무런 기쁨을 찾지 못한다.

해머튼(Phillp Gilbert Hamerton, 영국의 예술가 · 사상가)은 우리가 인공적으로 만들어낸 색깔들은 '세속적인 자부심을 표현하기에는 충분하겠지만, 소용돌이치며 흩어지는 구름이나 야생오리의 날개 깃털을 그리기에는 너무나 부족'하다고 했다.

러스킨은 "언제나 한층 더 깊은 미적 감각으로 음미하며 바라보아야 할 빛이 있다. 그것은 해질녘과 동틀녘에 나타나는 빛과 수평선 위의 푸르른 하늘에 모닥불처럼 타오르는 진홍색 구름 조각들의 빛이다."라는 말을 했다.

하늘빛은 대지를 환하게 밝혀주는 듯하다. 그리고 '저 너머 서쪽 산꼭대기의 가장자리를 물들이는 주황색 반점들은 천년 동안의 저녁놀'을 되비추고 있다. 저녁놀은 너무 아름다워 마치 천국의 문을 바라보고 있는 것처럼 느끼게 해준다.

탈무드의 주석자들은 모든 사람들이 하늘에서 내려준 기적의 음식 만나manna에서 제일 좋아하는 맛을 찾았듯, 그와 마찬가지로 자연에서 가장 즐거운 것을 찾게 된다고 했다.

여가생활의 요소에는 어떤 것들이 있을까? 진정한 즐거움도 있으며 거짓된 즐거움도 있을 것이다. 플라톤은 프로타르코스를 시켜 진정한 즐거움이 무엇인지 소크라테스에게 묻도록 했다고 한다. 소크라테스는 이렇게 대답했다.

"이름만큼이나 아름다운 색깔들과 다양한 모양들, 대부분의 향기와 소리들, 그리고 눈앞에 있을 때는 느낄 수 있지만 사라지면 느낄 수도 없고 고통도 주지 않는 모든 것들로부터 얻어지는 것이 바로 즐거움이다."

하지만 감각기관으로 일정한 즐거움을 느낄 수는 있어도, 감각적인 것이 최고나 최선의 즐거움은 아니다. 소크라테스는 이렇게 덧붙여 말한다.

"플라톤의 《필레보스(Philebus, 설명)》에서는 즐거움, 쾌락, 기쁨 그리고 그것들과 비슷한 감정들이 살아 있는 모든 존재들에게 도움이 된다고 주장한다. 하지만 오히려 나는 그러한 것들이 아니라 지혜와 지식, 기억 그리고 올바른 의견과 진정한 논리가 그것들을 함께 나눌 수 있는 모든 사람들에게는 쾌락보다 더 도움이 되고 더 바람직하다고 생각한다. 그렇게 살고 있거나 앞으로도 그렇게 살고자 하는 모든 사람들에게는 다른 모든 것들보다 훨씬 더 많은 도움이 될 것이다."

진정한 즐거움은 거의 셀 수 없을 정도로 많다. 친족과 친구, 대화, 책, 음악, 시, 운동과 휴식, 자연의 아름다움과 변화, 여름과 겨울, 아침과 저녁, 낮과 밤, 햇빛과 세찬 비, 숲과 들판, 강과 호수와 바다, 동물과 식물, 나무와 꽃, 나뭇잎과 과일은 진정한 즐거움의 일부일 뿐이다.

우리가 '즐길 수 있도록 이 땅에 풍성한 열매들을 보내달라'고 기도하는 것은 결코 작은 은혜를 베풀어달라는 요구가 아니다. 게다가 '인간이 모르는 수많은 새로운 기쁨들이 있을 수 있으며, 찬란한 문명을 가꾸어가는 과정'에서 그것들을 찾아낼 수도 있을 것이다.

진정한 기쁨들이라며 길고도 긴 목록을 만들어 모두 다 언급할 생각은 없다. 순수한 기쁨들이 그토록 많이 있는데 불편하거나 심지어 의심스러운 것들을 선택할 이유는 없는 것이다. 가능한 한 주변에 있는 즐거움들을 모두 마음껏 누려 본다. 그러고 나서 다른 즐거움들을 생각해도 시간은 충분히 있을 것이다.

'인생과 세상을 알게 되었다'는 사람들은 커다란 착각을 하고 있는 것이다. 그들은 평생 자기 땅을 떠나본 적은 없지만 직접 그곳에서 오랜 세월 꼼꼼하게 관찰해온 농부보다도 존재의 실질적인 모습을 알지 못하는 사람들이다.

흔히 '흥겨운 삶'이라고 잘못 알고 있는 제멋대로 사는 인생은 사실 애처롭게 행복을 흉내 내고 있는 것이다. 이런 생활에 빠져 인생을 망치게 된 사람들은 자신을 비난하는 대신 세상을 탓한다.

드 뮈세(Alfred de Musset, 프랑스의 작가)는 "나는 젊다. 이제 겨우 인생길의 반을 걸어왔을 뿐이지만 벌써 따분해져 지나온 길들을 되돌아보고 있다."고 했다.

참으로 우울한 고백이 아닐 수 없다. 그가 만약 현명하게 살아왔다면, 지나온 날들을 감사의 마음으로 돌아볼 것이며, 앞으로 마주치게 될 날들을 향해 희망을 품고 내딛을 것이다.

인생이라는 재산은 도덕적인 가치로 평가되어야 한다. 제레미 테일러(Jeremy Taylor, 영국의 성직자 · 작가)는 이렇게 말했다. "더 나아가, 정신이 동반자이지만 열등한 육체를 현명하게 통솔하거나 사랑으로 다스리고, 유익하게 돌보며, 생각을 풍부하게 공급하고, 자애롭게 인도할 때 정신과 육체는 완벽한 인간을 만들게 된다.

하지만 육체가 마음대로 법을 만들고 탐욕이라는 폭력을 행사하게 되면, 우선 이해력을 악용하고 의지와 선택을 담당하는 중요한 위치를 육체가 차지하게 된다. 그렇게 되면 육체와 정신은 적절한 동반자가 되지 못하고 인간을 바보나 불행한 사람이 되게 만든다.

　정신이 육체를 이끌지 못하면, 동반자가 될 수 없다. 정신이 육체를 지배하지 못하면 정신은 육체의 노예가 되고 말 것이다."

The Use of life

'학교를 여는 사람은 교도소를 닫게 된다'는
빅토르 위고의 말은 지극히 옳다.

제5장

배움은 날개를 달아준다

아주 오랜 옛날부터 현명한 사람들은 교육의 중요성을
강조해왔다.

산스크리트어로 쓰인 인도 설화집 《히토파데사》에는
"도둑맞거나, 값싸게 나누어줄 수도 없으며, 다 써버릴 수
도 없기 때문에 모든 보물 중에서 지식이 가장 귀하다."는
밀이 있다. 또한, 플리튼은 "교육은 가장 뛰어난 사람들이
가질 수 있었던 가장 타당한 것이었다."라고 말한다.

몽테뉴(Montaigne, 프랑스의 수필가·사상가)는 무지는 '악
의 어머니'라고 말했으며, 풀러(Thomas Fuller, 영국의 성직자·
역사가)는 지식을 '우리에게 주어질 수 있는 가장 위대한 구
호물품'이라고 정의했다.

배움이 없는 삶은 언제나 따분한 삶일 수밖에 없다. 우리에게 지식이 단순한 생계수단이 아니라 인생의 도구로서 필요하다는 말은 지극히 옳다.

페트라르카(Francesco Petrarca, 이탈리아의 시인)는 자신이 가장 사랑했던 것은 배움이라고 했으며, 셰익스피어는 세이 경(Baron Saye and Sele, 영국의 정치가)의 말을 빌려 이렇게 표현한다.

‡ ‡ ‡

무지는 신의 저주이지만, 지식은 하늘로 날아갈 수 있게 해주는 날개라오.

－셰익스피어, 《헨리 6세》 2부, 4막 7장

또한, 솔로몬은 아름다운 글귀를 통해 이렇게 말한다.

‡ ‡ ‡

지혜를 찾고 깨달음을 얻은 자는 행복하다. 지혜는 은이나 순금으로 만든 것보다 훨씬 좋기 때문이다. 지혜를 갖는 것은 루비 혹은 우리가 갖고자 원하는 모든 것보다 더 귀중해서 비교할 만한 것이 없다. 지혜의 오른손에는 장수가, 왼손에는 부와 명예가 있다. 지혜로 가는 길은 즐거움으로 가득하고, 그 길은 모두 평화롭다.

-잠언 3장 13~17절

하지만 여성들에 대해서는 특히 반대되는 의견이 오랫동안 널리 퍼져 있었다. 독일의 속담에 '옷장이 여자들의 서재'라는 말이 있고, 프랑스 속담에는 '여자는 네 가지 복음서나 네 개의 담장 안에 가두어야만 한다'는 말이 있다.

가난한 사람들이나 신사들 모두 교육과는 아무런 관계가 없다고 생각했던 것도 그리 오래 전의 일이 아니다. 교육은 단순히 성직자나 수사들과 관련된 문제라고 생각한 것이다. 성직자와 학자를 동시에 의미했던 '서기clerk'라는 단어 자체가 그런 생각을 반영하고 있다.

존슨 박사(Samcul Johnson, 영구의 시인·평론가)와 같은 현명하고 훌륭한 인물조차도 그런 생각이 마치 당연한 이치인 것처럼 강력하게 주장한다. 즉, 만약 모든 사람이 글을 배운다면 이 세상에서 육체노동을 하겠다는 사람은 찾아볼 수 없을 것이라고 주장한다. 그는 위대한 문필가였지만 노동의 존엄성은 제대로 인식하지 못했던 것 같다.

그러한 첫 번째 단계를 지나 두 번째 단계에서는 교육이 직업과 특별한 관계에 있다는 생각을 하게 된다. 말하자면, 아이들이 처한 신분보다 높은 교육을 시키지 않도록 조심할 필요가 있다는 것이다. 즉, 가난한 집안의 아이들에게는 읽기와 쓰기 그리고 산수 정도만 가르치면 된다는 것이다. 읽기와 쓰기는 사무를 보는데 그리고 산수는 장부를 작성하는데 필요하기 때문이라는 것이다.

해즐릿(William Hazlitt, 영국의 비평가·수필가)은 장사를 하게 될 소년들에게는 그 밖의 것들은 전혀 가르쳐서는 안 된다고 주장했다. 그는 '머릿속에 그 밖의 다른 생각들이 없어도 돈을 벌 것'이라고 했다. 이것이 두 번째 단계였다.

이제 우리는 단순히 어떤 한 사람을 더 나은 노동자로 만드는 것이 아니라 노동자를 더 나은 사람으로 만들기 위한 교육을 주장하고 있다. 그러므로 '학교를 여는 사람은 교도소를 닫게 된다'는 빅토르 위고(Victor Hugo, 프랑스의 작가)의 말은 지극히 옳다.

스위스의 한 정치인은 '대부분의 어린이는 가난하게 태어나지만, 그들이 무식한 사람이 되지 않도록 관심을 가져야' 한다고 했다.

매튜 아놀드(Matthew Arnold, 영국의 시인·평론가)가 자신의 책 《교양과 무질서》에서 여전히 문화와 우아함과 지성을 모두 쓸모없는 것이라고 생각하는 사람들이 많다고 했지만, 이 책은 1869년에 쓰인 것이다.

교육법이 통과된 1870년은 영국의 사회사에서 가장 중요한 해였다. 당시에 140만 명이었던 초등학생은 이제 500만 명 이상이 되었다. 그러한 변화의 결과는 무엇이었을까? 우선 범죄와 관련된 통계를 보면, 1877년까지 교도소에 수용된 죄수들의 수는 줄곧 늘어만 가고 있었다. 그해 평균 수감자 수는 2만 800명이었지만 그 후로 계속 줄어 이제는 1만 3천 명에 불과하다. 대략 3분의 1가량이 줄어든 것이다. 하지만 그동안 인구가 지속해서 늘었다는 것을 기억해 보자면, 1870년 이후로 인구는 3분의 1 정도가 늘어났다.

만약 범죄자가 그와 동일한 비율로 늘어났다면, 수감자 수는 1만 3천 명이 아니라 2만 8천 명이거나 그 두 배 이상은 되었을 것이다. 그렇다면 경찰과 교도소에 지출되는 비용은 4백만 파운드가 아니라 8백만 파운드가 되었을 것이다.

청소년 범죄의 경우 그 감소율은 훨씬 더 만족스럽다. 1856년에는 기소 범죄를 저지른 청소년이 1만 4천 명이었다. 1866년에 그 수는 1만 명으로 줄어들었으며, 1876년에는 7천 명, 1881년에는 6천 명으로 줄었고, 최근에 입수한 자료에 따르면 현재 청소년 수감자는 5천 1백 명이다.

이제 눈을 돌려 빈민에 관한 통계를 살펴보자. 1870년에 인구 천 명당 빈민의 수는 47명 이상이었으며, 최고 52명까지 기록되었다.

그 이후로는 22명으로 감소했으며, 덧붙여 말하자면 도시 빈민의 수는 전국 평균보다 낮아졌다. 그 비율은 과거와 비교해 절반도 되지 않는 것이다. 빈민세의 연간 지출액은 8백만 파운드였는데, 과거의 세율을 유지하고 있었다면 현재보다 8백만 파운드가 더 많은 1천 6백만 파운드를 훌쩍 넘어섰을 것이다. 만약 우리가 20년 전과 동일한 세율로 세금을 내고 있다면, 범죄자들을 위한 세출이 4백만 파운드는 더 늘어났을 것이며, 빈민을 위해서는 8백만 파운드 이상이 더 늘어났을 것이다.

중범죄와 관련된 통계는 이러한 감소 현상을 보다 뚜렷하게 보여주며, 더욱 만족스럽다. 1864년에 징역형을 선고받은 사람들은 연평균 2천 8백 명이었지만 인구의 증가에도 불구하고 서서히 줄어 4분의 1인 729명이 되었다. 실제로 교도소 여덟 군데가 더 이상 필요 없게 되어 다른 용도로 활용되고 있다.

범죄와 무지함의 긴밀한 상관관계를 보여주는 통계도

있다. 징역형을 받은 15만 7천 명 중에서 글을 읽고 쓸 수 있는 사람은 5천 명에 불과했으며, 정상적인 교육을 받은 사람은 250명뿐이었다.

하지만 이러한 문제들을 단순히 돈과 관련된 문제로만 보려는 것은 아니다. 단지 비용 문제를 내세워 교육을 반대하는 사람들에게 제시하기 위한 것이다. 물론 그 외의 여러 가지 상황들과 다양한 요인들을 참작해야만 한다. 그러나 이러한 통계 수치들의 과학적인 정확성을 주장할 수는 없어도 매우 흥미진진하고 만족스러운 결과라는 것만은 사실이다.

극히 일부의 범죄만이 의도적인 악의나 참을 수 없는 충동 때문에 저질러진다. 대부분의 범죄는 주로 음주와 무지에서 비롯된다. 교육을 통해 얻는 만족스러운 결과들은 학교에서 올바름에 대해 배우고, 청결하고 규칙적인 생활습관을 갖추게 되기 때문만이 아니라, 거리에서 나쁜 짓들을 배우지 않게 되고 범죄자나 부랑자들의 악행으로부터 격리되기 때문이기도 하다.

빈민과 범죄자들이 줄어들고 특히 청소년 범죄가 줄어들었다는 점에서 우리는 이제 교육의 효과를 실감한다.

교육은 변호사나 성직자, 군인이나 교사, 농부나 기술

자를 양성하기 위한 것이 아니다. 인간을 만들기 위한 것이다.

밀턴은 "완전하고 편견 없는 교육이란 평화시든 전시든 가리지 않고 사적으로나 공적으로나 모든 직무를 공정하고 능숙하고 관대하게 수행할 수 있도록 만드는 것이다."라고 했다.

철학자들은 사실과 관련된 문제들은 언제나 말을 통한 성찰로 해결할 수 있다고 생각해왔다. 플루타르크는 닭과 달걀 중 어떤 것이 먼저인가에 대한 흥미진진한 논의를 소개하면서 닭이 먼저라는 생각을 가장 먼저 제시했다. 사람들은 누구나 '닭의 알'이라고 말하지 '알의 닭'이라고 말하지 않는다는 것이 그 이유였다.

제프리스(Richard Jefferies, 영국의 자연주의 작가)는 "만약 사람들이 책 속에서 사상을 찾게 될 것이라고 생각한다면 실망하게 되고 말 것이다. 사상은 시냇가와 바닷가, 산과 숲속, 햇빛과 자유로운 공기 속에 머물고 있기 때문이다."라고 했다. 하지만 불행하게도 우리는 시냇물과 바다, 숲과 햇빛, 신선한 공기와 원하는 만큼 가까이 하고 살지 못한다. 게다가 사상이 책 속에 있는 것도 사실이지만, 사상은 올바른 판단을 가지고 활용해야만 한다. 언어는 매우 불완전한 표현 수단이기 때문이다.

　많은 사람들이 학교를 떠난 후에는 혼자서 스스로 체계적인 학습을 하지 못하는 이유가 어쩌면 우리의 교육 체계에 결함이 있기 때문이 아닐까. 우리는 분명 살아 있는 동안 줄곧 학습을 한다. '살면서 배운다'라는 옛 속담이 있기는 하지만, 우리가 과연 무심코 집어든 신문이나 소설책에서 단편적인 정보를 얻고 있는지 아니면 자기 학습이라고 부를 만한 것을 실천하고 있는지가 문제일 것이다.

　교육이란 젊은이들은 배우고, 나이 든 사람들은 배운 것들을 기억하도록 하는 것이어야만 한다.

　많은 사람들이 존 헌터(John Hunter, 영국의 외과의사)의 말에 깊이 공감한다. "소년 시절에 나는 구름과 풀잎에 대해 알고 싶었고, 가을이 되면 나뭇잎의 색깔이 변하는 이유를 알고 싶었다. 나는 개미와 벌, 새와 올챙이 그리고 물속에 있는 유충을 관찰했으며, 아무도 모르거나 누구도 관심 갖지 않는 것들을 자꾸 물어봐 사람들을 성가시게 했다."

　존 로크(John Locke, 영국의 철학자)는 교육에 대한 자신의 논문에서 이렇게 밝혔다.

　"책에 대해서는 이 말만을 하려다. 비록 널리 알려져 있기는 하지만, 이른바 책과의 대화는 학문의 중요한 부분이 아니다. 학문은 우리의 지식을 향상하는데 제 나름의 역할을 다하는 다른 두 가지 요소와 함께 병행되어야만 한다. 그것은 바로 명상과 토론이다.

독서는 단지 원재료를 모으는 행위일 뿐, 그중의 많은 것들은 무익한 것이어서 버려야만 한다. 명상은 이를테면 재료들을 선택하여 다듬고, 대들보를 짜 맞추고, 돌을 깎고 쌓아 올려 집을 짓는 일이다. 그리고 (논쟁은 무의미하지만) 동료와의 토론은 집의 구조를 조사하고, 방에 들어가 거닐어보며 여러 부분들의 조화와 일치를 관찰하여, 집의 견고함이나 결함을 파악하고, 잘못된 부분을 찾아내 바로잡는 최고의 방법이다. 그밖에도 토론은 종종 진실을 찾아내 우리의 마음속에 각인시키는데 도움을 준다.'

제6장

스스로 사다리를 걸어 올라가라

교육은 우리가 지니고 있는 모든 능력들을 조화롭게 발전시켜 준다. 교육은 탁아소에서 시작되어 학교로 이어지지만, 그곳에서 끝나는 것은 아니다. 교육은 우리가 원하든 원하지 않든 평생 이어진다. 단 한 가지 나중에 생각해야 할 것이 있다면, 우리가 현명하게 선택한 것을 배웠는지 아니면 아무렇게나 집어 든 것을 배웠는지의 문제이다.

에드워드 기번(Edward Gibbon, 영국의 역사가)은 '사람들은 모두 두 가지 학습을 하는데, 그중 한 가지는 타인에게서 배우는 것이며, 그보다 더 중요한 다른 한 가지는 자기 스스로 하는 공부'라고 했다.

자신이 스스로 배우는 것은 분명히 다른 사람들에게서 배우는 것보다 훨씬 더 유용하다. 로크는 "교사의 규율과

통제 아래에서 다양한 지식을 쌓거나 과학 분야에서 뛰어난 인물이 된 사람은 아무도 없다."고 말했다.

비록 자신이 원한다 해도, 자신의 마음을 스스로 깨끗이 비우고, 잘 치워서 정돈하기란 몹시 어려운 일이다. 자신의 마음속에 좋은 것을 담을 것인지 아니면 나쁜 것을 담을 것인지를 결정하는 것이 유일한 문제이다.

학교에서 좋은 성적을 거두지 못했다고 낙담할 필요는 없다. 가장 위대한 사람이라고 해서 가장 일찍 원숙해지는 것은 아니기 때문이다.

만약, 실제로 노력을 하지 않았기 때문이라면, 낙담까지는 아니어도 적어도 부끄러워는 해야 한다. 하지만 최선을 다한 결과라면 괜찮다. 앞으로도 최선을 다하기만 하면 된다.

학교에서 뛰어난 성적을 거두지 못했던 사람들 중에서도 나중에 커다란 성공을 거둔 사람들이 많다. 웰링턴과 나폴레옹도 어린 시절에는 우둔한 학생이었고, 아이작 뉴턴 경과 스위프트, 클라이브(Robert Clive, 영국의 정치가 · 인도개척자), 월터 스콧 경(Walter Scott, 스코틀랜드의 작가), 세리던(Richard Sheridan, 영국의 극작가 · 정치가) 그리고 그 밖의 많은 뛰어난 인물들도 마찬가지였다. 학교 성적이 나빴다고 해서 반드시 배움이 적었다고는 할 수 없다.

천재성이란 '끊임없이 노력하는 능력'이라고 할 수 있다. "만약 타고난 천성이 뒷받침되지 않는다면 노력도 아무런 소용이 없다. 하지만 공부를 하지 않으면 그 천성도 아무런 소용이 없다."는 릴리의 말은 아주 적절하다.

반면에 똑똑하고 명석했던 많은 소년들이 불행히도 건강 혹은 근면이나 품성의 결핍으로 어른이 되어 실패를 겪게 되기도 한다.

괴테의 표현처럼 '겹꽃은 피우지만, 열매는 맺지 못하는 식물'처럼 그들은 마차꾼이나 양털 깎는 잡부가 되거나, 아니면 간신히 생계를 유지하는 글쟁이가 된다. 반면에 비교적 이해는 더디지만 근면하고 고결한 생각을 지닌 소년들은 꾸준히 성장해 자신의 힘으로 명예로운 직책에 오르고 국가에 봉사하는 사람이 된다.

교육의 가치를 의심하는 사람들도 있다. 아놀드 박사(Thomas Arnold of Rugby, 영국의 교육자·역사가)는 그의 책 《기독교인의 삶》에서 다음과 같이 말한다.

"교육의 가치에 대한 의심은 무지와 순진무구의 의미에 대한 미묘한 혼동에서 비롯된 것이며, 그런 혼동을 통해 스스로를 위로하는 사람들이 많다. 하지만 인간에게서 지식을 제거하면 순진무구한 유아의 상태로 돌아가는 것이 아니라 짐승의 상태로 돌아가는 것이다. 가장 큰 해를 끼치며 악의에 차 있는 야만적인 짐승이 되는 것이다."

그가 다른 글에서 지적했듯이, 만약 자신들의 삶에 지침이 되어야만 하는 것을 무시한다면 사람들은 욕망의 노예가 된다. 그리하여 어린이는 무지한 상태에, 어른들은 악행을 저지르는 상태에 머무르게 되는 것이다.

학교에서 올바른 교육을 받기 시작한 사람들은 학업을 중단하지 않는다. 하찮은 이익을 위해 그리고 단순히 '빵과 버터'를 얻기 위해 공부하는 것이라고 한정짓는 것은 교육에 대한 매우 천박한 견해이다.

헨리 데이비드 소로는 말한다. "사람은 1달러짜리 은화를 줍기 위해서도 엄청난 노력을 기울인다."

'청년에게는 지혜가 있고, 노인에게는 힘이 있다면 얼마나 좋을까'라는 프랑스 속담이 있다. 올바른 교육은 젊은 이들에게는 지식을, 노인들에게는 힘이라는 두 가지 필수적인 요소를 제공해준다.

프랭클린은 "경험이야말로 소중한 학교이지만, 바보들은 거기에서 아무것도 배우지 못한다."고 했다. 그러므로

영원히 살 것처럼 공부를 하고, 내일 죽을 것처럼 살아야
한다.

인생에서 좋은 출발은 커다란 성공으로 이어진다.

✝ ✝ ✝

자녀를 올바른 길을 가도록 가르치면 나이가 들어서도
그 길을 벗어나지 않으리라.

-잠언 22장 6절

시작을 올바르게 하면 앞으로 나아갈수록 더욱더 쉬워
진다. 반면에 잘못된 시작을 하면 갈수록 돌이키기가 어렵
게 된다. 배우는 것은 어려운 일이지만, 배운 것을 잊어버
리는 것은 더욱 어려운 법이다.

책 속에서 읽은 가장 훌륭한 구절을 마음에 새기도록 노
력한다. 사람과 생각 그리고 제도에서 배운 것도 마음에
새겨 두어야 한다. 남들이 나보다 더 많은 것을 알고 있다
는 것을 부끄러워할 필요는 없다. 하지만 배울 수 있는 것
들을 배우지 못했다면 부끄러워해야 한다.

교육은 단순히 언어를 배우고 그 밖의 여러 가지 사실들

을 배우는 것이 전부가 아니다. 교육은 단순한 가르침과는 전혀 다르며 그보다 더 높은 차원의 것이다. 학습은 앞으로 활용하기 위해 축적하는 것이지만 교육은 훗날 30배, 60배 혹은 100배의 열매를 맺도록 씨앗을 뿌리는 일이다.

일반적으로 지식이 지혜보다 못하다고 인정되지만, 때로는 너무 인색한 평가를 받기도 한다. 예를 들어 '지식은 많은 것을 배웠다고 우쭐거리지만, 지혜는 더 많은 것을 알지 못한다고 겸손해한다'는 말이 있다. 하지만 이 말은 옳지 않다. 많이 배운 사람은 자신이 아는 것이 얼마나 적은가를 누구보다도 가장 잘 알고 있다.

버틀러 주교 역시 이런 말을 했다.

"탐구심이 강하고 연구하기를 좋아하는 사람은 자신이 하고 있는 일에서 실수를 저지르지 않도록 조심해야만 한다. 그들이 실증적인 방법으로 발견한 것들이 미덕과 종교의 커다란 목적에 공헌하여 실천할 동기를 부여하거나 도움을 준다면 대부분 유용하게 활용될 것이다.

하지만 어떤 사실들만을 밝히려는 것일 뿐 활용할 방법이 없다면 그저 오락거리나 소일거리일 뿐이다. 어떤 실체를 명백히 밝혀내는 것은 그 자체로 업적이 된다. 언젠가는 유용하게 활용될 것이 분명하기 때문이다."

재료를 부주의하게 선택하는 사람이라면 훌륭한 건축가라고 할 수 없다. '새롭게 밝혀낸 사실들'이 어떤 결과를 이끌어낼지 말할 수 있는 사람은 아무도 없다. 한때는 현실적으로 무익하다고 여겨졌던 많은 지식들이 결국 가장 귀중한 것으로 밝혀지기도 한다.

아는 것이 힘이다.

킹즐리(Charles Kingsley, 영국의 성직자·작가)는 이렇게 말했다. "전신기기에 관한 지식은 시간을 절약해주었고, 기록에 대한 지식은 설명할 시간과 이동거리를 줄여주었다. 가정 경제에 대한 지식은 소득을 늘려주고, 위생에 대한 지식은 건강과 생명을 구해주었으며, 지능에 대한 지식은 두뇌의 피로와 소모를 덜어주었다. 또한 율법에 관한 지식이 있다면 구원하지 못할 것이 없다."

허버트 스펜서(Herbert Spencer, 영국의 철학자)는 다음과 같이 이야기했다.

"직접적인 자기 보호를 위해 혹은 생명과 건강의 유지를 위해 가장 중요한 지식은 과학이다. 생계유지라는 간접적인 자기 보호를 위해 가장 중요한 가치를 지닌 지식 역시 과학이다. 부모의 역할을 제대로 수행하기 위한 적절한 본보기는 오직 과학에 근거해야 한다.

과거나 현재에도 자신의 행동을 정당하게 규정하는 데 있어 꼭 필요한 국민으로서의 삶을 판단하는 데 반드시 필요한 요소 역시 과학이다. 모든 형태의 예술을 가장 완벽한 작품으로 그리고 최고의 즐거움으로 받아들이는 데 필요한 준비도 역시 과학이다. 지적이며 도덕적이고 종교적인 수련을 위해 가장 효과적인 학습 역시 과학이다."

발타자르 그라시안(Balthazar Gracian, 에스파냐의 작가)은 '아무것도 모르는 사람은 살아 있는 것이 아니'라고 했다.

오스본(Francis Osborn, 영국의 청교도 작가)은 《아들에게 주는 조언》이라는 책에서 이렇게 강조했다.

"수학은 이 땅에서 우리가 배울 수 있는 것들 중에서 천국으로 인도해 줄 유일한 지식이다."

나는 이 말을 조금 미심쩍게 생각하지만, 어쨌든 조수아 피치 경(Joshua Fitch, 영국의 교육자)은 현명한 조언을 들려준다.

"나 자신의 인생을 돌아보며 아주 오래전의 학창시절을 생각해보면, 내가 배웠던 역사적인 사실, 수학 공식, 문법 규정, 감미롭고 상냥한 시 구절, 과학적 사실들 중에 전혀 예상치도 못하게 거듭해서 기억나지 않았던 것은 하나도 없었다. 그리고 분명 내가 생각했던 것보다 훨씬 더 쓸모가 있었다.

내가 읽고 있는 책들과 내 주변에서 일어나고 있던 사건들의 변천 과정을 보다 더 잘 이해할 수 있도록 도와 주었으며, 인생에 대한 전반적인 견해를 더욱더 넓혀주고 흥미진진한 것으로 만들어주었다."

딘 스탠리(Dean Stanley, 영국의 성직자)의 말을 하나 더 인용해 보려고 한다.

"진리에 대한 순수한 사랑은 매우 드물지만, 그 어떤 것보다 더 유익하다. 우리는 진리의 가치를 한눈에 알아차리지 못한다. 어쩌면 과학자들이 발견한 것들로 인해 이 세상이 얼마나 더 행복하게 되었는지를 이 시대 혹은 다음 세대까지도 제대로 인식하지 못할 것이다. 과학자들은 오직 진리에 대한 사랑에 이끌려 그러한 빛나는 발견들을 이루어냈다."

비콘스필드 경(Benjamin Disraeli, 영국의 정치가)은 "지식이란 이스라엘 족장들의 꿈에 나타났던 상징적인 사다리와 같은 것이다. 사다리의 가장 밑부분은 태고의 땅 위에 있으며, 그 꼭대기는 높은 하늘의 어렴풋한 광채 속으로 모습을 감추고 있다. 전설의 시대에 과학과 철학, 시와 지식을 엮어내던 위대한 작가들은 그 신성한 계단을 오르내리며 지상과 천국 사이의 대화를 계속 이어지게 했던 천사들인 셈이다."라고 했다.

하지만 위대한 발견을 했던 많은 저자들이 잘 알려지지 않는다는 것은 참으로 안타까운 일이다. 우리는 감사의 마음으로 그들을 기억해야만 하기 때문이다. 위대한 발견자들은 지칠 줄 모르는 열정으로 진실을 추구했다.

✝ ✝ ✝

그들은 외로운 길을 따라 걸었다.
칭찬이나 비난을 아랑곳하지 않고 노력했으며,
노력 외의 것은 신에게 맡겼다.
시인들이 불멸의 노래나 이야기 속에서
그들의 이름을 거론하지 않았어도
그들에 대한 기록은 천상에 새겨져 있으며
그들의 머리에는 영광의 화환이 씌워져 있다.

–레슬리 드와트

학문에 몰두하는 것은 인생의 즐거움을 위해 반드시 필요한 것이다. 만약 지금 자신이 하고 있는 연구에 마음의 반만 쏟고 있다면, 훗날에 두 배 이상의 노력이 필요하게 될 것이다.

지적인 즐거움이 인간의 행복에 너무나 작은 부분을 차지한다는 것은 애석한 일이다. 하지만 학교(σχολη)라는 단어 자체는 본래 휴식이나 즐거움을 의미하는 것이기도 하다. 존 몰리 경(John Morley, 영국의 작가 · 정치가)은 "의무를 다하여 행복한 삶을 살기 위해 평소에 현명한 생각과 적절한 감정 상태를 유지하는 것이 가장 중요하다."고 했다.

╪ ╪ ╪

인간의 두뇌는 생각의 사원이며 영혼의 궁전이어야만 한다.

—바이런

인간은 자신을 잣대로 하여 모든 것의 크기를 측정한다. 어마어마하게 커다란 산들의 높이와 바다의 깊이를 사람의 발 크기를 기준으로 측정하며, 연산 표기법은 우리 손가락 열 개를 근거로 만들어낸 것이다.

하지만 인간은 얼마나 보잘것없는 존재인가! 그처럼 보잘것없으면서도 또 얼마든지 위대해질 수도 있다! 과연 인간은 어떤 존재일까?

파스칼은 이렇게 말한다.

"인간은 자연 속에서 가장 연약한 갈대에 불과하다. 하지만 인간은 생각하는 갈대이다. 이 우주가 인간을 파괴하려 한다면 우리는 무장할 필요조차 없다. 그저 숨을 한번 내쉬거나, 한 방울의 물이면 충분하다. 하지만 우주가 인간을 파괴할 수 있다 해도 인간은 우주보다 더 고귀하다. 인간은 자신이 죽는다는 것을 알고 있다. 하지만 우주는 비록 인간을 압도할지언정 자신의 힘을 알지 못한다."

인간이라는 존재를 완벽하게 만드는 필수적인 특성들은 무엇일까?

냉철한 머리와 따뜻한 가슴, 건전한 판단력과 건강한 신체이다. 냉철한 머리가 없다면 우리는 성급한 결론을 내리기 십상일 것이고, 따뜻한 가슴이 없다면 이기적인 인간이 될 것이다. 또한 건강한 신체가 없다면 우리는 거의 아무 일도 할 수 없을 것이고, 건전한 판단력이 없다면 제아무리 좋은 의도가 있다 할지라도 선을 행하기보다 해악을 끼치기 쉬울 것이다.

어떤 친구를 칭찬하고 싶을 때, 우리는 그 사람을 완벽한 신사라고 이야기한다. 새커리(William Thackeray, 영국의 소설가)는 "신사가 된다는 것은 정직하고, 온화하며, 용감하고, 현명해지는 것이다. 이러한 성품들을 모두 갖추고 가장 품위 있는 태도로 그것들을 실천하는 것이다. 신사는 일반적으로 우리가 생각하는 것보다 주위에서 보기 어렵다.”고 했다.

왕은 신하들에게 작위를 내릴 수는 있지만 그들을 신사로 만들 수는 없다. 하지만 우리 모두는 자신이 그렇게 하기로 선택한다면 고귀한 사람이 될 수 있다.

부주교인 파라(Frederic Farrar, 영국의 성직자·작가)는 이렇게 말한다.

“인생에서 가장 완벽한 상태에 가까이 다가간 사람은 절제와 금주와 순결로 건강한 상태를 유지하는 사람이다. 그의 정신은 경험과 고귀한 사상으로부터 얻게 된 지혜로 가득 찬 보물창고이다. 그의 상상력은 순수하고 아름다운 모든 것들로 가득 찬 미술관이다. 그의 도덕심은 그 자신과 신 그리고 온 세상과 좋은 관계를 유지하며, 그의 영혼은 성령이 머물 만한 성전이다.”

존 스튜어트 밀은 ‘스스로를 가르치는 가장 확실한 방법은 모든 것에 질문을 던지는 것이다. 그 어떤 어려움도 회피하지 않으며, 반대논리에 근거한 엄밀한 비판 없이는 자신이나 타인의 신조를 받아들이지 않으며, 생각의 오류나 모순 혹은 혼란을 허용하지 말아야 한다. 그리고 무엇보다 어떤 말을 하기 전에 그 의미를 명확하게 이해하고 있어야 하며, 어떤 주장에 동의하기 전에 반드시 그 의미를 파악하고 있어야 한다. 이러한 것들이 우리가 배워야 할 교훈이다'라고 했다.

그리고 이러한 교훈들은 우리가 모두 배울 수 있는 것들이다. 적어도 교육의 초기 단계에서는 모든 사람이 동등하다. 신분이나 재산도 아무런 이점이 되지 않는다.

윌리엄 존스 경(William Jones, 영국의 동양학자 · 법률가)은 자신이 농부의 운명을 타고 태어났지만 스스로 군주의 가르침을 배웠다고 했다. 옛말에 배움에는 왕도가 없다고 하지만, 어쩌면 모든 길이 왕도라고 하는 것이 더 옳은 말일 수도 있다.

교육은 엄청난 결과를 이끌어낸다. 교육은 세계의 역사를 밝혀주며, 전진해 나아갈 밝은 길을 개척해준다. 교육은 세계의 모든 문학을 감상할 수 있게 해준다.

교육은 자연이라는 책을 우리들의 눈앞에 펼쳐주며, 우리가 머무는 모든 곳에서 흥미로운 것들을 찾아낼 수 있게 해준다.

'그 사람은 모든 면에서 뛰어난 사람이다. 그런 사람을 다시는 찾아볼 수 없을 것이다.'(셰익스피어, 《햄릿》 1막 2장)

라는 말을 듣는 사람이 될 수는 없어도, 적어도 '그의 인생
은 매일이 아름다웠다.'(셰익스피어, 《오텔로》 5막 1장)라는 말
은 들을 수 있을 것이다. 우리의 내면에는 사라지지 않는
배움에 대한 열망이 있기 때문이다.

교육은 존경과 감탄을 더욱 깊고 강하게 만들도록 이루
어져야만 한다. 만약 교육이 성공적이지 못한 결과를 낳았
다면, 그것은 교육 자체의 잘못이 아니라 대개는 교육을
받는 사람의 잘못된 마음 때문이다.

베이컨은 이렇게 말했다.

'인간은 때로는 타고난 호기심과 탐구심으로, 때로는 변
화와 기쁨을 누리기 위해, 또 때로는 자신을 꾸미고 명성
을 얻기 위해 배움과 지식의 욕구에 빠져든다. 하지만 인
간에게 유익한 도움을 주기 위해 이성이라는 선물을 진지
하게 제공하려는 경우는 드물다.

그것은 마치 지식의 연구에 지친 정신을 쉬게 해줄 안락
의자를 찾아내려고 하는 것과 같다. 혹은 방황하고 변덕스
러운 마음을 위해 전망이 좋은 테라스를 찾아내려는 것,
거만한 정신을 쉬게 할 높은 탑을 찾아내려는 것, 전투를
치르기 위한 요새나 유리한 지형을 찾으려는 것, 혹은 이
익과 판매를 위한 상점을 찾으려는 것과 같다.

그러나 창조주의 영광과 인간의 삶을 개선해줄 풍족한 보물창고를 지식에서 찾으려 하지는 않는 것과 같다.'

제7장
세상에서
가장 고귀한 친구는 책이다

책과 인류의 관계는 인간과 기억의 관계와 같다. 책 속에는 우리 인류의 역사와 인류가 이룩해온 위대한 발견들, 수세기에 걸쳐 축적해온 지식과 경험이 담겨 있다.

책은 자연의 경이로움과 아름다움을 생생하게 보여준다. 곤경에 빠졌을 때 도움을 주며, 슬픔과 고통에 빠져 있을 때 위로해주고, 지루한 시간을 기쁨의 순간으로 바꿔준다.

책은 우리 머릿속에 생각들을 채워주고, 우리 자신의 한계를 뛰어넘을 수 있도록 훌륭하고 행복한 생각들로 가득 채워준다.

상상이 현실보다 더 생생할 때가 있다. 책을 읽으면서

원하기만 하면 왕이 되어 궁전에서 살 수도 있다. 그리고 그보다 더 좋은 점은, 아무런 수고로움이나 불편함 혹은 돈을 들이지 않고도 책은 우리를 높은 산이나 바다로 데려가 주기도 하고 이 세상에서 가장 아름다운 장소들을 찾아갈 수도 있게 해준다.

책은 종종 친구와 비교되곤 한다. 그런데 무자비한 죽음은 때로 우리에게서 가장 선하고 똑똑한 친구들을 데려가 버리기도 한다. 그와 반대로 책 속에서는 시간이 나쁜 것을 사라지게 하고 좋은 것을 더욱 많이 누릴 수 있게 해준다.

이 세상의 모든 것을 누린 사람들은 자신들이 누린 가장 순수한 행복은 책 속에서 얻은 것이라고 말하곤 한다. 애스컴(Roger Ascham, 영국의 교육가)은 그의 책 《교사론》에서 제인 그레이 부인(Lady Jane Grey, 잉글랜드 여왕. 즉위 9일 만에 폐위되어 17세의 나이에 처형되었다)을 마지막으로 찾아갔던 때의 이야기를 감동적으로 이야기한다.

"그때 그녀는 창가에 앉아 소크라테스의 죽음에 대한 플라톤의 아름다운 설명을 읽고 있었습니다.

그녀의 부모는 커다란 정원에서 사냥 중이었고, 열려 있는 창문을 통해 시끄럽게 짖어대는 사냥개들의 울음소리가 들려왔습니다.

그녀에게 왜 부모님과 함께 사냥을 하지 않느냐고 묻자, 그녀는 '사냥을 하면서 느끼는 즐거움은 내가 플라톤의 이야기에서 찾아낸 기쁨에 비하면 아주 사소한 것일 뿐이죠'라고 대답했습니다."

매콜리(Macaulay, 영국의 역사가·정치가)는 부와 명성, 지위와 권력을 다 갖추고 있었지만, 자서전에서 자기 인생의 가장 행복했던 시간들은 모두 책에서 얻은 것이라고 했다. 그는 사랑스러운 어린 소녀에게 편지를 썼다.

'아주 예쁘게 쓴 너의 편지를 받고 무척 고마웠다. 나는 언제나 너를 행복하게 만들어주고 싶단다. 무엇보다 가장 기뻤던 것은 네가 책을 좋아한다는 사실을 알게 된 것이었지. 네가 나만큼 나이가 들게 되면, 책이 이 세상의 모든 과자나 케이크보다, 그 어떤 놀이나 풍경보다 더 좋은 것이라는 걸 알게 될 것이다.

만약 누군가가 내게 궁전과 정원, 좋은 음식과 포도주 그리고 마차와 아름다운 옷들을 주고 수백 명의 하인들을 거느리는 이 세상 최고의 왕으로 만들어줄 테니 책을 읽지 말라고 한다면 나는 기꺼이 그 제안을 거절할 거란다.

나는 책읽기를 좋아하지 않는 왕이 되기보다 차라리 수

많은 책이 있는 다락방에 사는 가난한 사람이 되고 싶구나.'

사실 책은 생각으로 가득 찬 매혹적인 궁전을 제공해줍니다. 장 파울 리히터는 왕좌보다 파르나소스 산(그리스 중서부의 산. 로마의 시인들은 뮤즈의 거처인 헬리콘 산보다 이 산을 더 숭배했다고 한다.)에서 훨씬 더 넓은 풍경을 바라볼 수 있다고 했다. 실제 자연의 모습보다 반사되어 비친 영상이 더 아름답듯이, 책은 현실보다 훨씬 더 생생한 생각을 건네주기도 한다.

조지 맥도날드(George MacDonald, 스코틀랜드의 작가)는 '모든 거울은 마법의 거울이다. 가장 평범한 방도 거울을 통해 보면 시 속에 등장하는 방처럼 보인다.'고 했다.

만약 책이 우리의 흥미를 일으키지 못한다 해도 반드시 책의 잘못이라고 할 수는 없다. 독서에도 일정한 기술이 필요하다. 수동적인 독서는 거의 아무런 쓸모도 없다. 읽고 있는 책의 내용을 이해하기 위해 노력해야만 한다.

누구나 자신이 읽고 쓸 수 있다고 생각하지만, 글을 잘 쓰거나 잘 읽는 법을 제대로 알고 있는 사람은 드물다. 내용을 따라 페이지를 넘기면서 별다른 생각 없이 기계적으로 책을 읽는 것만으로는 충분하지 않다. 묘사된 장면과

언급되고 있는 사람들을 이해하기 위해 적극적으로 상상을 펼쳐야만 한다.

애스컴은 말한다.

"학문은 20년에 걸쳐 경험한 것보다 더 많은 것을 일 년 만에 가르쳐준다. 경험은 사람들을 지혜롭게 만들기보다 비참하게 만들지만, 학문은 우리를 안전하게 가르쳐준다. 경험을 통해 현명해지려면 엄청난 위험을 겪어야 한다. 많은 배를 난파시킨 후에야 실력을 갖추게 된 선장은 불행한 사람이며, 몇 번의 파산을 겪은 후에도 부자가 되지 못했거나 현명해지지 못한 상인도 가련한 사람이다.

경험을 통해 얻게 되는 것은 사치스러운 지혜이다. 우리는 경험을 통해 오랜 방황 끝에 지름길을 찾아내는 것도 엄청난 노력이 필요하다는 것을 알고 있다.

경험을 통해 현명하다는 것을 증명한 사람은 분명 똑똑한 사람일 수도 있다. 하지만 제아무리 빠르게 달릴 수 있는 사람일지라도 밤이 되면 길을 잃고 어디로 달려가고 있는지조차 모르게 된다.

학습 없이 경험만을 통해 행복하거나 현명해진 사람은 지극히 드물다. 늙었든 젊었든 배우지 않고 오랜 경험만을 통해 약간의 지혜와 행복을 얻게 된 사람들의 지나온 삶을 잘 살펴볼 필요가 있다.

그들이 범했던 잘못과 그들이 피해왔던 위험들을 살펴보고, 과연 우리의 자녀들이 그런 경험을 통해 지혜와 행복을 얻어야 할 것인지 곰곰이 따져보아야 한다."

책을 선택하는 것은 마치 친구를 선택하는 것만큼이나 진지하게 생각해야 할 일이다. 우리가 행동에 책임을 지는 것처럼 독서에도 책임을 져야 한다.

밀튼의 훌륭한 말을 빌자면, "좋은 책이란 현재의 삶을 뛰어넘는 삶을 위해 오래 간직하고 마음에 새겨야 할 위대한 이의 고귀한 피이다."라고 했다.

러스킨은 여성의 교육에 대한 논문에서 이렇게 조언했다. "여성들이 도서관 도서목록 중에서 가장 천박한 어리석음으로 가득 찬 최근의 책들을 선택하도록 해서는 안 된다."

책을 통해 가장 커다란 효과를 얻으려면 단순한 재미만이 아니라 자신을 향상시키기 위한 독서를 해야만 한다.

달콤한 설탕이 음식의 중요한 요소인 것과 마찬가지로, 어린이들에게는 가볍게 즐길 수 있는 책들도 소중하다. 하지만 설탕만 먹고 살 수는 없다.

훌륭한 소설들도 있지만 그것에만 너무 몰두하면 독서로부터 얻을 수 있는 즐거움이 매우 줄어들게 될 것이다.

더 나아가, 책이라고 할 수 없는 책들도 있어서 독서를 시간 낭비가 되도록 만들기도 한다. 또한 내용이 너무나 열악해서 읽는 사람을 타락시키는 책들도 있다. 그런 책들은 과감히 내다 버려야 한다.

인생에서 겪게 되는 값싼 유혹과 위험들을 경계하도록 해주는 경우도 있지만, 사악한 것과 익숙해지게 하는 것들은 그 자체로 나쁠 수밖에 없다.

그러나 다행히도 읽는 사람들의 정신을 향상시켜주는 책들이 많이 있다. 유익한 책이라는 것이 사업이나 직업에 도움이 되는 책만을 의미하는 것은 아니다. 분명 그런 목적을 위한 책들도 유익하지만 그것이 책을 가장 잘 활용하는 방법일 수는 없다.

훌륭한 책들은 개인적인 욕심은 사소한 것으로 만들어주고, 이 세상에서 겪는 고통과 근심걱정을 거의 잊는 무념무상의 경지로 우리를 향상시켜 준다. 그런 경지에 빠져 있는 시간을 방해하는 것은 분명 무자비한 일이다.

독서를 방해하는 행위에 대해 해머튼은 감동적인 반론을 펼친다.

"어떤 사람이 자신이 읽고 있는 책의 저자에게 완벽하게 몰입했다고 가정해보자. 그 저자는 우리와 전혀 다른 시대와 문화에 속해 있다.

플라톤이 쓴《소크라테스의 변명》을 읽고 있는데 책 속의 모든 장면들이 마치 그림처럼 눈앞에 펼쳐지고 있다고 가정해보자. 500명의 배심원, 완벽한 그리스의 건축물, 호기심을 품고 지켜보는 아테네 시민들, 밉살맞은 멜레토스, 시기하는 적들 그리고 현재의 우리에게 소중한 사람들로 기억되고 있는 슬픔에 빠진 이들이 있다.

그 한가운데 여름이나 겨울 할 것 없이 언제나 한결같이 초라한 옷을 걸치고 볼품없게 생긴 한 인물이 서 있다. 하지만 누구도 흉내 내지 못할 용기와 침착한 태도를 지닌 그는 단호한 목소리로 이야기를 시작한다.

'그 사람은 내가 죽어 마땅하다고 생각합니다. 옳은 말입니다!'

이제 막 여러분은 소크라테스가 자신의 유죄를 주장하는 훌륭한 문장들을 읽기 시작한 것이다. 그의 변론이 끝날 때까지 아무런 방해도 받지 않을 수만 있다면, 지적인 노력의 보상이라 할 고귀한 즐거움을 누리는 고귀한 시간을 갖게 될 것이다."

누구든 훌륭하고 재미있는 책을 한 시간 동안 읽는다면 반드시 더 향상되고 더 행복해진 자신을 발견하게 될 것이다. 책을 읽는 그 순간뿐만이 아니라, 오랫동안 기억에 남아 언제든 필요할 때마다 그 밝고 행복했던 생각들을 되살려낼 수 있을 것이다.

영국 문학은 영국인이 날 때부터 가진 권리이며 유산이다. 우리는 위대한 시인과 철학자 그리고 과학자들을 배출했으며, 지금도 배출하고 있다.

우리보다 더 풍요로운 경제와 막강한 군대 그리고 더 찬란하고 순수하고 고귀한 문학을 가진 민족은 없다. 이것이야말로 영국의 자부심이며 영광이다. 이보다 더 감사해야 할 일은 없을 것이다.

✝ ✝ ✝

나에게 책을 주세요.

혼자 읽고 즐기도록 해주세요.

나의 가장 좋은 벗들, 책이 있는 그곳이

내게는 영광스러운 궁전입니다.

그곳에서 나는 옛 성현들과 철학자들과

끊임없이 대화를 나눕니다.

때로는 왕이나 황제들과 이런저런 일들을 의논하며
그들의 조언을 곰곰이 되새겨 보기도 합니다.
만약 그들이 거두어온 승리가
부정하게 얻은 것들이라면 엄히 따지고,
잘못 평가된 것들이라면 그들의 업적을 지워버리는
상상을 합니다.
그러니 내가 불확실한 허영심을 위해
언제나 누릴 수 있는 그런 즐거움들을
버릴 수가 있을까요?
절대 그럴 수는 없습니다.
그대들의 관심은 금은보화를 더 많이 갖는 것이겠지만
나는 지식을 늘리는 것에 관심이 더 많습니다.

－피니어스 플레처(Phineas Fletcher, 영국의 시인)

제8장

더불어 살 때 더 행복하다

영국인에게 있어 자신의 집이 그 자신의 성城이라는 것은 분명 자랑할 만한 일이다. 하지만 그것만으로는 부족하다. 집은 가정이 되어야만 한다. 집을 성으로 만드는 데에는 법적인 권한이나 자격이 필요하지만, 진정한 가정으로 만드는 일은 자신에게 달려 있다.

그렇다면, 무엇으로 '가정'을 만들어야 하는 것일까? 그것은 바로 사랑과 공간 그리고 신뢰일 것이다. 어린 시절의 기억, 부모의 자애로움, 젊은 시절의 밝은 희망, 자매간의 자랑, 형제간의 공감과 협력, 서로간의 신뢰, 함께 나누는 희망과 관심과 슬픔… 이러한 것들이 가정을 만들고 정신적인 행복을 가져온다.

사랑이 없는 집은 성이나 궁전은 될 수 있어도 가정이

될 수는 없다. 사랑은 진정한 가정의 영혼이다. 영혼이 없는 신체를 인간이라 할 수 없는 것처럼, 사랑이 없는 가정은 더 이상 가정이라고 할 수 없는 것이다.

지금 우리는 권력자나 국가의 무자비한 힘으로부터 피신할 수 있는 성이 아니라, 삶의 근심걱정으로부터 벗어나게 해주는 성으로서의 가정을 더 소중하게 생각한다.

이 세상을 항해하는 동안 마주칠 수밖에 없는 폭풍우로부터 벗어나 편히 쉴 수 있는 항구의 역할을 하는 가정이 더 소중하다.

비록 제아무리 성공적인 삶을 살고 있다 해도 그런 폭풍우와 같은 시간을 겪을 수밖에 없으며, 성공했다고 해서 행복하고 평온한 삶이 무조건 보장되는 것은 아니다.

에덴동산에서조차 그랬듯이, 인간은 혼자 살도록 만들어지지 않았다.

베르나르댕 생 피에르(Bernardin de Saint-Pierre, 프랑스의 소설가)는 "천국에 있다고 한들, 혼자서 무엇을 할 수 있으랴?"라고 말했다.

밖에서 일을 하더라도 마음만은 가정에 머물러야 한다. 인간은 반드시 다른 사람들과 함께 살도록 혹은 철저히 외톨이로 살도록 만들어지지 않았다. 양쪽 다 괜찮으며, 그럴 필요가 있다고 생각한다.

자연의 아름다움은 영원한 즐거움을 주지만, 마음속에 햇살이 없다면 하늘에서 내리쬐는 햇살도 아무런 기쁨이 되지 못한다.

가족에게 믿음과 존경 그리고 사랑의 감정을 표시해야 한다. 가정은 문명의 기초이며 근원이며 가장 훌륭한 모든 것들을 배우는 진정한 학교이다. 또한 우리의 고귀한 감정과 최고의 본성을 일깨워준다. 가족을 행복하게 해주는 것보다 더 소중한 일이 과연 있을까?

비록 자신의 가정이 초라하고, 보기 흉하고 속되며, 심지어 춥고 불편하다 해도 그곳이 바로 머물러야 하는 장소이며 우리에게는 그렇게 해야 할 의무도 있다. 겪어야 할 어려움들이 클수록 그에 대한 보상은 더욱 풍족하게 이루어질 것이다.

걱정이나 불공평한 일들을 잘 참아내는 것은 힘든 일을 처리하는 것보다 훨씬 어렵다. 희생하는 삶이 돈을 벌거나 시간과 노력을 쏟아 붓는 것보다 더 어려운 일이다.

진심으로 다른 사람을 불행하게 만들려는 사람은 없다. 그런 사람이라면 지금 이 글을 읽고 있지도 않을 것이다. 하지만 일반적으로 관심이 부족하기 보다는 생각이나 요령의 부족으로 더 큰 불행이 일어나는 것 같다.

모든 이들을 밝은 미소와 친절한 말씨 그리고 즐거운 마음으로 대해야 한다.

자신의 소중한 사람들을 마음속으로 사랑하는 것만으로는 부족하다. 사랑하는 사람에게는 사랑한다는 것을 반드시 표현해야 한다. 많은 사람들이 자신의 무관심과 무심함 혹은 판단력의 부족으로 가장 사랑하고 힘이 되어 주고 싶은 사람들에게 상처를 주곤 한다. 하지만 짧은 격려의 말만으로도 우리는 많은 도움을 받고 큰 힘을 얻게 된다는 것을 잘 알고 있다.

체스터필드 경은 이렇게 말했다.

"나는 대부분의 사람들이 사랑하는 법과 미워하는 법을 제대로 모른다고 생각해왔고, 지금도 그렇게 생각하고 있다. 사람들은 잘못된 관대함과 맹목적인 사랑으로 사랑하는 사람들에게 상처를 준다.

사랑하는 사람들의 실수에 편파적인 애정을 보여 오히려 상처를 주기도 하고, 또 미워하는 사람에게는 부적절하게 흥분하고 분노하여 스스로 자신을 해치기도 한다."

심지어는 친구들 사이에서도 자신을 스스로 고립시킨다. 그것을 장 파울 리히터는 이렇게 표현한다.

"우리는 서로 마치 다른 섬에 머물면서, 뼈로 만든 창살이 둘러쳐진 감옥 속에서, 피부로 만든 커튼 뒤에 갇혀 있는 것처럼 산다."

우리는 친구들에 대해 잘 알지 못한다. 심지어는 가족에 대해서도 생각보다 아는 것이 없다. 같은 식구들끼리도 실제로는 외톨이로 살아간다. 그들의 생각은 평행선을 달리는 것처럼 절대 마주치지도 않고, 서로 아무런 접촉도하지 않는다.

✝ ✝ ✝

가장 가까이에 있는 가장 사랑하는 사람조차 왜 웃는지, 왜 한숨을 짓는지, 그 이유를 절반도 모른다.

—존 키블(John Keble, 영국의 신학자 · 시인)

사람들은 날씨와 농사, 최신 소설과 정치 문제, 이웃의 건강과 결점들에 대한 이야기를 나누지만 그런 것들은 진성한 내면의 삶과는 아무런 관련이 없다.

사실 어찌 보면 사소하고 중요하지 않은 일일수록 더욱 많은 대화의 소재이다. 그래서 종종 실제로는 그다지 할 말도 없는 사람들이 가장 말을 많이 하는 것으로 보인다.

대화가 매우 중요한 기술이라는 것을 인식하는 사람은 많지 않다. 가족이 진심으로 하나가 되고, 공감하기 위해서는 단순히 애정과 관심만 있으면 되는 것이 아니라 생각을 전하고 받아들이는 공감 능력이 필요하다. 사람들이 당신을 즐겁게 해주지 못한다면, 당신이 그들을 즐겁게 해주려고 노력해야 한다.

사람들은 종종 머리에 떠오르는 대로 정직하게 말한 것을 자랑스러워한다. 당연히 누구나 진실하고 솔직해야 하지만 대화는 조금 다른 문제여서, 만약 대화를 흥미롭게 만들고 싶다면 어느 정도의 노력을 기울여야만 한다. 우리는 모두 가정을 행복하게 만들기 위해 많은 일들을 할 수 있다.

잘못을 지적받았다고 화를 내서는 안 되며, 화가 나 있을 때 다른 사람의 잘못을 지적하는 것도 하지 말아야 한다. 화를 잘 내는 사람은 분명 다른 사람들보다 자기 자신을 더 많이 괴롭힌다.

주변 사람들을 행복하게 하는데 엄청난 희생이 필요한 것은 아니지만, 단순한 호의만으로 충분한 것도 아니다. 다른 사람을 행복하게 해주는 일에는 솜씨도 필요하고, 연구와 연습도 필요하다. 좋은 일이든 나쁜 일이든, 어떤 일을 잘하기 위해서는 반드시 연습이 필요한 법이다.

친절하고 호의적인 태도는 놀라운 일들을 만들어낸다.

'태도가 성공을 만든다'는 옛 속담이 있듯이, 올바른 태도 덕분에 성공을 거두고 나쁜 태도 때문에 몰락한 사람들이 많았던 것은 분명한 사실이다.

내각의 수상이 각료들을 임명할 때도 지혜와 화법, 능력과 성격 등을 두루 살피는 것은 물론이고 다른 사람들과 잘 어울릴 수 있는 태도 역시 고려한다.

거칠다는 것이 강하다는 의미는 아니다. 사실 거친 태도는 종종 약점을 감추기 위한 것이기도 하다.

또한 잘못을 나무랄 때는 따로 불러 개인적으로 해야 하고, 칭찬은 공개적으로 하는 것이 좋다. 잘못을 지적하더라도 개인적으로 이야기하면 진심이 담겨 있다고 생각해 상대방도 긍정적으로 받아들이기 때문에 더 큰 효과를 낼 수 있다. 또한 공개적으로 칭찬을 하게 되면 듣는 사람이 한껏 고무되어 확실한 보상이 된다.

무엇보다 중요한 것은 누군가를 꾸짖어야 할 경우가 생겼다면, 엄중하게 잘못을 지적하되 화를 내거나 짜증을 내서는 안 된다는 것이다.

아르키타스(Archytas, 그리스의 정치가·과학자)는 자신의 노예에게 이렇게 말했다고 한다. "만약 내가 화가 나지 않았다면, 너에게 벌을 주었을 것이다."

화가 난다면, 적어도 말을 하기 전에 잠시 숨을 고르고 생각을 해보아야 한다.

매튜 아놀드는 가장 뛰어난 교양의 특징이 '지칠 줄 모르는 관대함, 상황에 대한 배려, 사람들에 대한 자비로운 평가를 바탕으로 한 행동에 대한 준엄한 평가'라고 했다.

모든 사람을 관대하게 대해야 한다. 어떤 사정을 속속들이 다 알게 되면 비난하려던 일이 동정해야 하는 일로 바뀌게 되는 경우도 많다. 가능한 한 타인들을 최대한 존경하고 경멸하지 않도록 해야 한다.

오래지 않아 죽음이 우리 모두를 평등하게 만들 것이다. 이러한 사실을 헤아려 신사답게 모든 사람을 정중하게 대해야 한다.

될 수 있으면 화를 내거나 냉담한 상태로 친구와 헤어져서는 안 된다. 그 어떤 헤어짐도 영원히 지속되지 않는다는 것을 기억해야 한다.

따스한 햇볕 같은 말도 있지만, 가시 달린 화살이나 독사의 이빨 같은 말도 있다. 가혹한 말들이 그토록 깊은 상처를 준다면, 상냥한 말은 또 얼마나 큰 기쁨을 줄 수 있을까!

✝ ✝ ✝

좋은 말은 적은 비용으로 큰 가치를 만들어낸다.
닥치는 대로 마구 쏘아댄 화살은
궁수가 전혀 의도하지 않았던 곳에도 꽂히기 마련이다.
그처럼 마구 내뱉은 말도
누군가의 상처 입은 마음을 달래줄 수도 있지만
그 상처를 더욱 깊게 만들 수도 있다.

　　　　　　　－조지 허버트(George Herbert, 영국의 시인)

언제나 말을 해야 할 필요는 없다. 베드로가 예수를 모른다며 부인할 때, 예수는 베드로를 물끄러미 바라보기만 했다. 나무라는 듯한 슬픈 표정만으로 충분했던 것이다. 베드로는 밖으로 나가 통곡했다.

실제로 한번 바라보는 것만으로 심한 고통을 줄 수 있는 것처럼, 다정한 눈길로 한번 바라보는 것만으로도 상대방의 마음을 기쁨으로 요동치게 할 수 있다.

오랫동안 헤어져 있었다면 우리는 따뜻하고 반가운 만남을 열망한다. 또 아침에 마주쳤을 때는 상냥한 미소만으로도 가장 우울한 날을 유쾌한 하루로 만들 수 있다.

너무 내성적인 태도는 좋지 않다. 애정 표현을 두려워

해서도 안 된다. 만약 당신의 모습이 차갑게 보인다면, 당신의 마음속이 사랑으로 넘친들 아무런 소용이 없다. 따스하고 부드러우며, 사려 깊고 정다운 태도를 유지해야 한다. 사람들의 마음은 직접적인 도움보다 마음으로부터 공감을 얻을 때 더 큰 힘을 얻는다.

돈보다 사랑이 중요하다. 그리고 그 어떤 선물보다 다정한 한마디의 말이 더 큰 기쁨을 준다.

벤저민 웨스트(Benjamin West, 미국의 화가)는 어떻게 화가가 되었냐는 질문을 받고 "어머니의 키스 덕분이지요."라고 대답했다. 또한, 공자는 "가정에서 지켜져야만 할 것들이 모두 잘 지켜지고 있다면, 그 밖의 어떤 헌신도 더 필요하지 않을 것이다."라고 했다.

키케로(Cicero, 고대 로마의 정치가)의 말처럼 '인생이라는 집에 갖추어야 할 가장 소중하고 가장 멋진 가구'인 친구를 선택할 때는 매우 신중해야 한다.

조지 허버트는 "좋은 친구들을 사귀게 되면 당신도 좋은 친구가 될 것이다"라 했고, '당신이 어떤 사람과 살고 있는지 말해주면, 당신이 어떤 사람인지 말해줄 수 있다'라는 스페인의 속담도 있다.

자기 자신에게 훌륭한 친구가 되지 못한다면 다른 그 어떤 누구에게도 훌륭한 친구가 될 수는 없다.

✝ ✝ ✝

잘 선택한 우정은 가장 고귀한 미덕이어서

우리의 기쁨은 배로 늘리고

고통은 반으로 줄인다.

　　　　　　　　　　　　　　　-존 데넘(John Denham, 영국의 시인)

여자 친구를 현명하게 선택하는 것 또한 무척이나 중요
하다. 솔로몬 시대 이래로 많은 현명한 남자들이 사이렌
(Siren, 그리스 신화에서 바다의 마녀. 아름다운 노랫소리로 뱃사람
을 유혹해 배를 난파시킨다)과 같은 마녀에 의해 파멸을 맞이
했다.

릴리는 '우정은 인생의 보석'으로 친구가 없는 사람은
매우 불쌍한 사람이라고 했다. 특히 그 자신의 실수 때문
에 친구가 없다면 더욱 불쌍한 사람이라고 했다.

시시때때로 불평불만을 가지게 되는 것은 어쩔 수 없는
일이다. 만약 그런 생각이 든다면, 신중하고 합리적인 태
도를 유지해야 한다. 그 일을 친구의 입장에서 한번 바라
보아야 하고, 성급하게 어떤 행동을 해서는 안 된다.

자연은 절대 서두르는 법이 없다. '급할수록 돌아가라'는 옛 속담도 있듯, 의구심이 생겼을 때 잠시 묵혀두는 것도 좋다.

발타자르 그라시안은 '결정해야만 할 일을 앞두고 잠을 자는 것이 이미 결정된 일 때문에 깨어 있는 것보다 낫다'고 했다. 그러나 무엇보다 성급하게 논쟁하지 말아야 한다. 시간을 두고 충분히 생각해야 한다.

밤새 고통스럽게 하던 일들도 때때로 아침이 되면 전혀 다르게 보이기도 한다. 만약 명확하고 단정적이지만 통렬한 비판이 담긴 편지를 썼지만 다음날까지 부치지 않고 가지고 있어보면, 절대로 부치지 않게 되는 경우가 많다.

최대한 훌륭한 친구들을 사귀도록 해야 한다. 나쁜 친구는 친구가 전혀 없는 것보다 더 나쁜 법이다.

하지만 비록 악하거나 어리석은 친구들을 사귄 것이 커다란 실수이기는 해도, 그들을 적으로 만드는 일은 현명하지 못하다. 그런 사람들이 너무나도 많기 때문이다.

수필가 찰스 램은 '선물을 줄 때가 되면 그 자리에 없는 사람들을 그리워하게 된다'고 했지만, 상냥함과 끈기 그리고 공감은 선물보다 더 큰 역할을 한다.

당신이 여유 있게 줄 수 있는 모든 것을 줄 수는 있지만, 너무나 당연하게 그것을 빌려달라고 요구할 자격이 있는 친구는 없다.

✝ ✝ ✝

돈을 빌리는 사람도 되지 말고,

빌려주는 사람도 되지 말라.

그런 돈거래는 종종 돈도 잃고 친구도 잃게 한다.

돈을 빌리면 살림살이가 무디어지게 된다.

－셰익스피어, 《햄릿》 1막 3장

친구들은 많은 위험들로부터 여러분을 보호해줄 것이며, 여러 가지 고통을 막아줄 것이다.

아우구스투스 황제(Augustus, 고대 로마의 초대 황제)는 자신의 딸인 율리아로 인해 모욕을 당했을 때, "만약 친구인 아그리파(Agrippa, 고대 로마의 장군 · 정치가. 율리아의 남편)나 마이케나스(Maecenas, 고대 로마의 정치가. 아우구스투스 황제의 충실한 조언자) 둘 중에서 한 명만 살아 있었어도 이러한 일들은 전혀 일어나지 않았을 것이다"라고 했다.

The Use of life

인생의 행복은 어떤 일을 하고, 어떤 것을 사랑하며,
어떤 것을 희망하는 데 있다.

제9장

건강한 삶은

천천히, 꾸준히 가는 것이다

그 어떤 것이라도 낭비를 해서는 안 되지만, 무엇보다 시간을 낭비해서는 안 된다. 오늘은 한 번밖에 오지 않으며 절대 다시 돌아오지 않는다. 시간은 하늘이 내려준 가장 고귀한 선물 중의 하나이며, 한번 잃어버리면 다시는 돌아오지 않는다.

그러니 현재의 시간을 낭비하지 않아야 한다. 나중에 자신을 비난하게 될 지도 모르기 때문이다.

'너무 늦었다'거나 '그럴 수 있었는데'와 같은 생각보다 더 슬픈 것은 없다. 시간은 당신을 믿고 맡겨진 것이니 당신의 모든 시간에 대해 스스로 책임을 져야만 한다. 잠을 아끼고 음식을 아끼고 무엇보다도 시간을 가장 아껴야만 한다.

언젠가 넬슨(Horatio Nelson, 영국의 해군 제독)은 자신이 인생에서 거둔 성공들은 언제나 정해진 시간보다 15분 더 빨리해냈기 때문에 가능했다고 말하기도 했다.

멜번 경(William Lamb, 영국의 정치가·변호사)은 이렇게 말했다.

"젊은이들이 꼭 들어야 할 말이 있다. 자신의 길은 자신의 힘으로 개척해야 한다는 것이다. 굶주리게 될지 아닐지는 자신의 노력에 달려 있다."

게다가 근면은 성공에 꼭 필요한 것일 뿐만 아니라 도덕적인 인격 형성에 가장 건전한 영향을 미친다. 제레미 테일러는 이렇게 말한다.

"절대 게으름을 피워서는 안 된다. 자신에게 주어진 모든 시간을 철저하고도 유용하게 활용해야 한다. 정신을 집중하지 않고, 몸이 편안해지면 쓸모없는 욕망이 그 빈 공간을 쉽사리 채워버리기 때문이다.

편안하게 살려고 하는 게으른 사람은 헛된 유혹으로부터 자신을 지킬 수 없다. 이 세상의 모든 일들 중에서 육체노동만큼 어려운 일을 물리치는 데 유용하고 크게 도움이 되는 것은 없다."

제아무리 하찮은 일일지라도 다른 사람들이 더 행복하고 더 잘살 수 있도록 해주는 일은 최고의 목표이며, 인간에게 용기를 불어넣어 줄 수 있는 최고의 희망이다.

피에트로 메디치(Pietro Medici, 이탈리아 피렌체의 대공)는 언젠가 미켈란젤로를 고용해 눈[雪]으로 조각상을 만들어 줄 것을 명령했다. 그것이야말로 소중한 시간을 멍청하게 낭비하는 일이었다.

시간은 미켈란젤로에게도 우리에게도 소중한 것이다. 그럼에도 불구하고 우리는 너무 자주 금방 녹아 없어질 눈으로 조각상을 만드는데 시간을 허비하고 있다. 이보다 더 욱더 나쁜 것은 진흙탕 속에서 우상을 만드는 일이다.

로마의 위대한 철학자이자 정치가인 세네카는 "우리는 모두 시간이 부족하다고 불평하지만, 사실 우리가 사용하고 있는 것보다 더 많은 시간을 가지고 있다.

우리는 아무 일도 하지 않거나, 아무런 목적도 없는 일을 하기나, 꼭 해야 할 일을 전혀 하지 않으며 인생을 소비하고 있다. 우리는 언제나 인생이 짧다고 불평하면서, 마치 인생이 영원할 것처럼 행동한다."고 했다.

인생의 성공과 행복을 위한 가장 큰 요소라 말할 수 있는 것은 정직하고 실질적인 일을 해낼 수 있는 능력이다.

키케로는 가장 먼저 요구되는 것은 대담성이고, 두 번째와 세 번째로 요구되는 것도 대담성이라고 했다. 또한 제일 필요한 것은 끈기라고 했다. 자신감도 효과적인 태도이지만 필요한 것은 역시 두 번째도 세 번째도 끈기라고 말했다.

놀이가 인생의 목표가 될 수 없는 것처럼 일도 인생의 목표는 아니다. 두 가지 모두 똑같은 목적을 이루기 위한 수단일 뿐이다.

일은 몸의 건강을 위해 필요한 것이며, 정신의 평화를 위해서도 필요하다. 근심걱정에 싸여 하루를 보내는 것은 일주일 동안 일하는 것보다 더 심신을 지치게 한다.

근심걱정은 몸과 마음을 엉망진창으로 만들지만, 일은 건강하고 정상적인 상태로 만들어준다. 근육 운동은 몸을 건강하게 유지시켜 주며 뇌 운동은 정신의 안정을 가져온다.

장쿠르트는 말한다. "사람은 정신의 노동을 통해 마음의 휴식을 얻을 수 있다."

무엇보다 자신이 하고 싶은 일을 해야 하겠지만, 늘 어떤 일이라도 해야 한다. 심지어 연금술사들이 찾아내려 했던 현자의 돌을 찾아보거나, 주어진 원과 같은 면적의 정사각형을 구해보는 일도 어느 정도의 성과를 만들어낼 수 있다.

　존슨 박사는 '말이 대지의 딸이라면, 행동은 하늘의 아들'이라며, 어떤 일을 하든 철두철미하게 하라고 했다. 자신의 일에 온 정성을 쏟아 부어야 한다. 자신이 갖추고 있는 모든 재능을 계발해야 한다. 자신의 재능을 모두 잘 활용해야만 하며, 그렇게 하지 않는다면 결국 모두 다 잃게 될 것이다.

　천재에 대한 이야기도 결국 온갖 장애물들을 헤쳐나가며 보여준 그의 끈기 있는 태도에 대한 이야기라 할 수 있을 것이다. 전형적인 천재 중에서도, 천재란 근면한 사람일 뿐이라고 말하는 사람들이 있다.

　작가인 조지 엘리엇(George Eliot, 영국의 여류소설가)은 순간적인 영감으로 소설을 쓴다고 생각하는 사람들을 비웃었다. 드와이트 총장(Timothy Dwight, 미국의 교육자 · 성직자)은 예일대 학생들에게 '천재는 노력할 줄 아는 능력을 지닌 사람'이라고 말하곤 했다고 한다.

　구걸하는 것은 결국 열심히 일하는 것보다 더 힘든 일이다. 제아무리 열심히 구걸해도 좋은 결과를 얻을 수는 없다. 그리고 무엇보다 사람은 누구나 자신의 힘으로 살아가야만 한다. 프랭클린은 "자신의 힘으로 살아가는 농부가 무기력한 신사보다 더 고귀하다."고 말했다.

코빗(William Cobbett, 영국의 정치가 · 문필가)은 유명한 자신의 영문법 책에 관한 이야기를 이렇게 들려준다.

"나는 일당 6펜스를 받는 사병이었을 때 문법을 공부했다. 침상 끝이나 초소가 나의 공부방이었으며, 배낭이 나의 책장이었고, 무릎에 올려놓은 작은 널빤지가 나의 책상이었다. 그 힘들었던 공부를 하는데 채 일 년도 걸리지 않았다.

돈이 없어 양초나 기름도 살 수 없었다. 겨울에는 저녁이 되면 난롯불 외에는 전혀 빛이 없었고, 그것도 내 차례가 되어야만 사용할 수 있었다. 가끔 잉크와 펜 혹은 종이를 사는 데 써야 하는 적은 돈도 가볍게 생각할 수 없었다. 그 몇 푼의 돈도 내게는 엄청난 액수였다. 당시에도 나는 지금처럼 키가 크고, 아주 건강했으며 운동도 좋아했다. 시장에서 생필품을 사고 남는 돈은 전부 모아봐야 일주일에 2펜스밖에 안 되었다.

내가 또렷하게 기억하고 있는 일이 한 가지 있다. 어느 금요일에 꼭 필요한 물건만 사고 난 후, 다음 날 아침에 훈제 청어를 사 먹으려고 반 페니를 남겨두었다. 당시에는 더는 버티고 살아갈 수 없을 만큼 많이 굶주리고 있었다.

하지만 밤에 옷을 벗으면서 그 반 페니를 내가 잃어버렸다는 것을 알게 되었다.

나는 초라한 침대 시트에 머리를 파묻고 어린아이처럼 울음을 터뜨리고야 말았다. 다시 말하지만, 나는 그런 상황 속에서도 그 공부를 시작하고 완수해냈다. 그러니 자신이 아무것도 시도하지 않았다는 것에 대해 변명거리가 있는 젊은이가 대체 이 세상에 몇이나 될까?"

돈은 없었지만, 코빗에게는 활력과 용기가 있었던 것이다. 베이컨은 다음과 같은 말을 했다.

"대부분의 사람들은 자신이 가진 재산은 물론 자신의 능력도 제대로 이해하지 못하고 있는 것처럼 보인다. 재산이 있는 사람들은 자신의 재산을 지나치게 과대평가하고, 능력이 있는 사람들은 자신의 능력을 지나치게 과소평가한다.

자신감과 자제력은 자신이 직접 길어온 물을 마시고, 자신이 만든 빵을 먹으며, 생계유지를 위해 진심으로 배우고 일하게 해준다. 또한, 자신의 손에 맡겨진 좋은 것들을 조심스럽게 사용하도록 한다."

✝ ✝ ✝

열심히 일하면 반드시 복이 온다.

일하는 개가 게으른 사자보다 낫다.

—동양속담

에머슨은 말했다. "자연은 인간에게 이런 교훈을 준다. 보상을 받든 받지 못하든 언제나 일을 하라. 자기 일에만 열중한다면 반드시 보상을 받게 되어 있다. 편안한 일이거나 거친 일이거나 상관없이, 옥수수를 심는 일이건 시를 쓰는 일이거나 상관없이, 줄곧 정직하게 일하고 스스로 만족해한다면 육체적인 보상만큼이나 정신적인 보상도 받게된다. 제아무리 자주 좌절한다 해도 인간은 승리하기 위해 태어났다. 어떤 일을 잘 마무리한 것에 대한 보상은 그것을 끝내는 것에 있다."

월터 스콧 경(Walter Scott, 영국의 역사가·작가)은 유명한 마술사인 마이클 스콧에 관한 이야기를 들려주었다.

마이클 스콧은 자기 내면의 악마에게 끊임없이 할 일을 건네주어 그 악마로부터 자신을 보호했다고 한다. 우리도 모두 그와 똑같이 적용할 수 있다.

한 사람의 내면에서 쫓겨난 나쁜 영혼은 그 집이 비어

있다는 것을 알게 되면 자신보다 더 나쁜 일곱 개의 영혼과 함께 되돌아오게 된다.

게으름을 피우는 것은 휴식을 취하는 것과 다르다. 게으름을 피우는 것은 일하는 것보다 훨씬 더 피곤하다. 로마의 속담에 '게으름에 길들여지는 것은 정말 괴로운 일이다'라는 말이 있다. 지금 아무 일도 하지 않고 있다면 쉴 수도 없기 때문이다.

절대 서두르면 안 된다. 자연은 서두르지 않는다. 성급하게 마무리한 일들은 그 결과도 좋지 않게 나타나기 때문이다.

스위스의 등산 안내인이 젊은 산악인들에게 제일 먼저, 그리고 가장 자주 하는 말은 '천천히 가되 꾸준히 가야 하며, 지나치게 빨리 걷지 말되 늑장을 부리면 안 된다'는 것이라고 한다.

가끔은 반드시 쉬어야만 한다. 제아무리 힘센 황소일지라도 쉬어야만 한다. 밭의 크기를 측정하는 단위인 펄롱(furlong, 201미터에 해당하는 길이)은 황소가 충분히 쉬고 난 후에 밭을 갈 수 있는 최대한의 거리를 기준으로 만들어진 것이다.

또한 인생에서 깨닫게 되는 진보의 위대한 비밀은 절대

서두르지 않으며, 절대 늑장 부리지 않는다는 것이다.

'성급함은 사악한 것에서 비롯되지만, 인내는 무한한 행복의 문을 활짝 열어준다'는 동양의 속담이 있다. 기다리면, 반드시 자신의 차례가 돌아오게 된다.

서두르면 시간을 절약할 수 있다고 생각하는 사람들이 많은 것 같다. 하지만 그것은 엄청난 실수라고 할 수 있다. 바쁘게 움직이는 것은 좋지만 일을 빨리 처리하는 것보다 잘 처리하는 것이 훨씬 더 중요하다.

더욱이 일 그 자체만 생각해보더라도, 만약 우발적으로 황급히 서둘러 일을 시작한다면 서두르지 않고 천천히, 지속적으로 그리고 규칙적으로 그 일을 처리하는 것보다 훨씬 더 지치고 더 많은 힘을 쏟아야 한다. 서두르게 되면 일을 망칠 뿐만 아니라 인생 역시 망치게 된다.

괴테의 좌우명은 '서두르지 말고, 쉴 새 없이 일하자'였다. 비록 우리가 말하는 '쉼'과 그가 말하는 '쉬다'의 의미가 같지는 않지만 말이다.

그러므로 열심히 일하되 서두르지 말 것이며, 소란을 피우거나 초조해 하지도 말아야 한다. 프랜시스 골턴(Francis Galton, 영국의 유전학자)은 이렇게 말했다.

"여행은 그 과정에 관심을 가져야 하며, 여행의 결과에 대해 지나치게 기대해서는 안 된다. 안락한 도시로 다시 돌아가는 것을 고행의 끝 혹은 재난에서 벗어나 안식처로 돌아가는 것으로 여기기보다 모험이 가득하고 즐거운 생활이 아쉽게 끝나는 것으로 여기는 것이 더 낫다.

이런 태도로 여행을 하면, 위험을 적게 느끼게 되고 서서히 나아가며 더욱 빠른 경로를 개척하면서 그 지역의 특성을 잘 알게 되어, 만약 급히 돌아가야 하는 일이 생길 경우에 소중한 정보가 된다. 그렇게 몇 달이 지난 후에 지나온 길을 되돌아보면 엄청난 거리를 여행했다는 사실에 깜짝 놀라게 될 것이다.

하루에 평균 3마일 정도를 나아갔다면, 일 년이 끝나갈 무렵에는 1,000마일을 더 나아간 것이 되며, 이것은 매우 의미심장한 탐험이다. 토끼와 거북이의 우화는 광활한 미지의 지역을 탐험하는 여행자들에게 교훈을 주기 위해 만들어진 것이 아닐까."

아침에 일찍 일어나 온몸의 근육과 뇌에 적절한 양의 운동과 휴식을 제공해야 한다. 과식을 삼가고 적당한 수면을 취해야 하며 매사에 여유 있게 대처해야 하며 일 때문에 건강을 해치는 일이 없어야 한다.

근심걱정과 흥분, 초조 그리고 불안은 일을 제대로 처

리할 수 없게 만들어, 결국에는 병을 앓거나 죽음에 이르게 할 것이다. 하지만 늘 즐겁고 온화하게 살아간다면, 운동과 신선한 공기가 몸에 좋은 것처럼 지적인 노력과 자유로운 생각이 정신에 좋은 영향을 끼칠 것이다. 이런 태도는 생명을 단축시키는 대신 연장시켜줄 것이다.

애덤스(William Davenport Adams, 영국의 저널리스트·평론가)는 '인내심은 정치가의 두뇌이자 무인의 칼, 발명가의 비법, 학자의 해결책'이라고 했다.

빅토리아 여왕은 역사상 가장 뛰어난 군주 중의 한 명이다. 그녀는 분명 뚜렷한 판단력과 기지를 갖추었지만 노력하기를 게을리 하지 않았다. 일에 대한 그녀의 생각은 제임슨 부인(Anna Jameson, 영국의 작가·비평가)의 회고록에 소개되어 있는 몬트이글 경에게 했던 말에 잘 드러나 있다.

몬트이글 경이 업무를 잘못 처리하여 폐를 끼치게 된 것에 사과의 뜻을 밝히자 여왕은 "내게 폐를 끼쳤다는 말은 절대 하지 마세요. 이제 그 일을 어떻게 완수할 것인지만 말해주세요. 어떻게 하면 올바르게 마무리할 수 있는지 말해준다면, 능력이 닿는 한 그렇게 할 것입니다."라고 말했다.

자신에게 주어진 의무나 업무가 무엇이든 최대한 성의를 다해 잘 처리하도록 노력해야 한다. 웰링턴 공이 많은 승리를 거둘 수 있었던 것은 뛰어난 장군이면서 또 훌륭한 사업가였기 때문이다.

그는 군수품과 식량 보급에 관련된 세세한 부분에 신경을 많이 썼다. 그래서 군마들을 먹일 먹이가 풍족했으며, 병사들은 따뜻한 군복과 튼튼한 군화 그리고 훌륭한 음식을 제공받았다.

✝ ✝ ✝

자기 일에 능숙한 사람을 보았느냐.

그런 사람이 왕을 섬길 것이다.

−잠언 22장 29절

근면함은 언제나 보상을 받는다. 콜럼버스는 인도로 가는 서쪽 항로를 꾸준히 개척하던 과정에서 아메리카 대륙을 발견했으며, 괴테가 지적했듯 사울은 자기 아버지의 당나귀들을 찾아다니다가 왕국을 발견했다.

프랭클린은 말한다. "꼭 해야 할 일은 하겠다고 결심하고, 그렇게 결심한 일은 실수 없이 해내야 한다."

우리는 가끔 천재성이 근면함을 대신할 수도 있을 것으

로 생각한다. 가끔은 평소에는 게으름을 피우다가 벼락치기 공부로 높은 점수를 받았다는 학생의 이야기를 듣기도한다. 때늦은 벼락치기 공부의 보상을 톡톡히 받은 것이기는 하지만, 어쨌든 그들은 공부를 했기 때문에 보상을 받았던 것이다.

학창시절의 성적표를 살펴보면, 뛰어난 사람들의 성공은 명석함보다는 근면함의 결과라는 것을 알 수 있다. 웰링턴과 나폴레옹, 클라이브, 스콧 그리고 셰리든 모두 학창시절의 성적은 뛰어나지 않았다고 한다.

다른 사람들에 비해 더 많은 재능을 타고난 사람들이 있는 것은 분명하다. 하지만 이제 막 사회생활을 시작한 두 사람이 있다고 생각해보자.

한 사람은 뛰어난 능력을 지녔지만 경솔하고 게으르며 제멋대로 행동하고, 다른 한 사람은 상대적으로 둔하지만 근면하고 조심성이 있으며 절조가 있다고 한다. 근면한 사람이 머지않아 자신보다 똑똑한 사람을 앞서게 될 것이다.

결국 천재성은 없지만 근면한 사람이 근면하지 않은 천재보다 더 많은 일을 할 수 있다. 기득권이나 총명함도 없고 부자인 친구나 권력 있는 친척이 없다 해도 근면함과 인품이 있다면 그 부족함을 충분히 메워줄 수 있기 때문이다.

그로스테스트 주교(Robert Grosseteste, 영국의 신학자)에게
는 게으른 동생이 있었다. 어느 날 그 동생이 찾아와 자신
을 위대한 사람으로 만들어달라고 부탁했다.

그때 주교는 "만약 네가 쓰던 쟁기가 부러지면 그것을
고칠 돈을 줄 것이고, 너의 황소가 죽게 되면 다른 황소를
사줄 수 있지만, 너를 위대한 사람으로 만들어줄 수는 없
겠구나. 내가 보기에 너는 쟁기질에 더 재주가 있단다. 지
금처럼 농부로 남게 할 수밖에 없구나."라고 대답했다고
한다.

밀턴은 천재였을 뿐만 아니라 대단히 근면한 사람이었
다. 그는 자신의 평소 습관에 대한 글을 남겼다.

'겨울에는 노동이나 기도 시간을 알리는 종소리가 울리
기 전에, 여름에는 제일 먼저 깨어나는 새와 함께 일어나
집중력이 갖춰지고 그 내용이 완전히 기억될 때까지 좋은
책들을 읽었다. 그러고 나서 종교와 조국의 자유라는 대의
를 위해 몸을 긴강히고 탄탄하게 유지하고, 정신을 고상하
고 명료하게 다듬었다.'

자신의 일을 따분한 의무라고 생각하지 말아야 한다.
원하기만 한다면 그 일을 흥미진진한 것으로 만들 수 있
다. 그 일에 온 정성을 기울이고, 의미를 찾아내고, 과거

의 역사와 원인을 추적하고, 그 일에 담겨 있는 모든 관계를 고려하고, 비록 사소한 노동일지라도 얼마나 많은 이익을 가져올지 생각해보아야 한다. 그렇게 하면 그 어떤 의무라 할지라도 열의를 갖고 바라보게 될 것이다.

자기 일을 사랑하고 즐거운 마음으로 일한다면 매우 쉽게 할 수 있게 될 것이다. 처음에는 그렇게 할 수 없을 것처럼 보일 수도 있고, 그저 단조롭고 고된 일처럼 보일 수도 있지만, 그 일이 바로 여러분에게 꼭 필요한 것일 수도 있다. 마치 깊은 산 속의 공기처럼 당신의 성품을 다듬는 데 훌륭한 역할을 할 수도 있는 것이다.

슬픔에 빠져 있는 시기에는 때때로 일이 커다란 위안이 되기도 한다.

차머스(Tomas Chalmers, 스코틀랜드의 신학자 · 경제학자)는, "인생의 행복은 어떤 일을 하고, 어떤 것을 사랑하며, 어떤 것을 희망하는 데 있다."라고 말한다.

실제로 많은 사람들이 편안히 쉬어야 할 시간에 근거 없는 두려움과 쓸모없는 걱정으로 자신들을 괴롭히고 있다. 그러므로 언제나 어떤 일이든 하고 있어야 한다.

✝ ✝ ✝

그러므로 그대는 일과 생각 속에서
슬픔은 절대 주지 못하는 평화를 찾아내게 되리라.

−스털링(W. Stirling Maxwell, 스코틀랜드의 작가)

릴리는 이렇게 말한다.

"현명한 사람에게는 모든 곳이 국가이며, 마음이 평화
로운 사람에게는 모든 곳이 궁전이다."

자연을 거스르지 말고 자연과 함께 일하도록 해야 한
다. 될 수 있으면 물결을 거슬러 노를 저어서는 안 되지
만, 꼭 그렇게 해야만 하는 경우라면 어쩔 수 없다. 그럴
때에는 두려워하며 물러서서는 안 된다. 그러나 이치를 따
르기만 한다면 자연은 인간을 도와준다.

킹즐리는 말한다.

"자연을 떠어넘는 것과 마찬가지로, 자연의 법칙을 한
가지라도 깨뜨리는 자는 모든 법칙을 깨뜨리는 것이다. 우
주 전체가 그를 공격하게 될 것이며, 자연 전체가 보이지
않는 무한한 힘으로 그와 그의 자손들을 향해 언제 어느
때인지도 모르는 사이에 복수를 펼치게 될 것이다.

하지만 그와는 반대로, 전심전력을 다해 자연의 법칙에

순응하는 자는 모든 일이 그 자신에게 이롭게 진행된다는 것을 알게 될 것이다. 그는 머리 위에 떠 있는 태양과 발 밑에 있는 흙으로부터 한결같은 도움을 받게 될 것이다. 그는 태양과 흙과 그 밖의 모든 것들을 만들고, 그것들에 깨뜨릴 수 없는 법칙을 부여한 창조주의 의도와 정신에 순종하고 있기 때문이다."

제10장

최고의 미덕은, 자비와 관용

  남들이 우리에게 해주기를 바라는 것처럼 우리도 그들에게 해주어야 할 뿐만 아니라, 그들이 우리에게 친절하게 대해 주기를 바라는 것처럼 우리도 그들에게 친절하게 대해 주어야 한다.

  만약 우리가 다른 이들을 관대하게 대하지 않는다면, 그들이 우리에게 관대하리라고 기대할 수 없다. 더 나아가 다른 사람들에 대한 호의적인 평가는 언제나 옳은 것일 경우가 더 많다는 것을 알고 있어야 한다.

  마치 한니발이 식초를 뿌려 암벽을 녹이며 알프스 산을 넘어 진격한 것처럼, 인생의 어려움을 그런 식으로 극복해야 한다고 생각하는 사람들이 있다.

  그런가 하면 자신을 무작정 희생할 준비가 되어 있는 사람들도 있다. 하지만 그들은 인생에 행복과 기쁨을 더해주는 상냥함과 애정 어린 작은 행위들은 소홀히 하고 있다.

불평을 할 정당한 이유가 있다 해도, 그 불쾌감이 우리가 생각하는 것만큼 심각한 경우는 거의 없다. 상처를 준 그 어떤 것에 대해 분노하는 일은 상처를 더욱 악화시킬 뿐이다.

복수를 다짐하는 것은 상처받은 그 일보다 우리에게 훨씬 더 큰 해를 끼친다. 마치 성이 나서 침을 쏜 벌이 결국은 죽는 것처럼, 남을 해치려는 의도를 가진 사람은 동시에 자기 자신에게도 엄청난 해를 끼칠 수밖에 없다.

독수리는 썩은 고기의 냄새만 맡을 수 있으며, 늑대거북은 알에서 깨어나기 전이나 죽은 다음에도 물어뜯는 습성이 있다고 한다.

남의 결함을 들춰내며 세상을 살아가는 사람들이 있다. 하지만 남을 비난하는 것보다 존중하는 것이 훨씬 더 현명한 태도이며, 남의 흠을 잡는 것은 진정한 비판도 아니다.

남에게 알리고 싶지 않은 집안의 비밀이 있다 할지라도, 그 집안에 그런 나쁜 비밀만 있는 것은 아니다. 그런 결점들이 그 집안의 모든 것은 아닐 것이다. 비판하는 내용이 진실일 수는 있지만 과연 그것만이 진실의 모든 것일 수 있을까?

연극의 무대 뒤에 서 있는 것은 매우 흥미진진한 일이 될 수는 있겠지만 연극을 제대로 관람하기에 가장 좋은 장소는 아니다. 다른 사람에게서든 인생에서든 나쁜 점이 아닌 좋은 점을 찾아내기 위해 노력해야 한다. 그러면 자신이 찾고자 하는 것을 발견하게 될 것이다.

언제나 인내하며 살아야 한다. 아이가 칭얼거릴 때는 십중팔구 아프기 때문이라는 것을 우리는 알고 있다. 다른 면에서도 그렇지만, 이런 면에서도 어른들 역시 다 자란 아이일 뿐이다.

우리를 화나게 하는 사람들일지라도, 그들이 처해 있는 모든 상황이나 그들의 기분을 알게 된다면 대부분의 경우 우리는 공감을 하지 화를 내지는 않는다. 늘 타인의 입장을 고려해야 하며, 지나친 고려라는 것은 없다.

누군가 아픈 것을 알면 우리는 자연히 동정심을 갖게 된다. 그 사람에게 아무런 불평도 하지 않게 되며, 모든 것을 배려해주게 된다. 최대한 그들을 성가시게 하거나 속상하게 하는 일은 하지 않게 된다.

하지만 왜 아플 때만 그렇게 하는 것일까? 항상 상냥하게 대하고 언제든지 배려하며 사는 것이 훨씬 더 좋지 않을까?

우리는 남들이 겪고 있는 근심걱정과 슬픔 그리고 남모를 고통에 대해 모르고 산다. 그러니 불평을 할 이유가 있다 해도 관용을 베풀어야 한다.

지나치게 관용을 베풀게 될 것을 걱정할 필요는 없다. 모든 일과 모든 사람에게 최선을 다해 대해야 한다.

'죽은 사람에 대해서는 칭찬만 하라'는 것은 적절한 금언이다. 하지만 왜 반드시 죽은 사람에게만 한정지어야 할까? 타인에게 건네는 상냥한 말과 다정한 행동에 대해서는 듣기 어려운데, 심술궂은 이야기나 악의가 섞인 평가는 왜 이렇게 많이 듣게 되는 것일까?

죽은 사람에 대해 그렇듯이 함께 살고 있는 사람에 대해서도 좋은 이야기를 한다면 더욱 좋지 않을까? 그러므로 가능한 한 성급하게 남들을 비난해서는 안 된다.

✝ ✝ ✝

섣불리 판단하지 말라!

그의 머리와 가슴에서 일어나고 있는 일을

확인할 수 없다면.

그대의 흐릿한 눈에는 얼룩으로 보이는 것도

신의 순수한 빛 속에서 보면

그대가 겁에 질려 항복한 전쟁터에서

힘겹게 싸우다 얻은 상처일 뿐.

　　　　　　　　　－프록터(A. A Procter, 영국의 시인)

반대 의견을 분명하게 밝혀야 할 경우도 있을 것이다. 하지만 하나의 원칙으로서 상냥하고 관대한 말을 해주기 어려운 경우라면, 차라리 아무 말도 하지 않는 편이 더 나을 것이다.

시드니 스미스(Sydney Smith, 영국의 시인)는 자신이 없을 때 험담을 늘어놓은 친구에게 자신이 없는 곳에서는 엉덩이를 걷어차도 괜찮다는 말을 전했다고 한다. 하지만 우리는 대부분 차라리 면전에서 험담을 듣는 것이 더 낫다고 생각하며, 자신이 없는 곳에서 자신을 직접 변호할 수 없을 때 듣는 험담에 대해서는 특히 예민하게 반응한다.

또한 다른 사람들에 대한 심술궂은 이야기를 들으며 웃고 즐길 수도 있다. 하지만 곧 자신도 그런 험담의 대상이 될 것이라는 생각을 하게 되므로 비록 그 순간에는 함께 웃는다 해도 험담하는 사람을 피하게 된다.

자비는 종종 구호품을 전달하는 것과 동일시된다. 유명

한 그리스의 시구에서 말하듯이 그것은 분명한 사실이기도 하다.

‡ ‡ ‡

이방인들과 가난뱅이들은 모두 제우스가 보낸 사람들.
그러니 제아무리 적다고 해도 구호품은 기분 좋은 것.

—알렉산더 포프(Alexander Pope , 영국의 시인)

하지만 구호품을 전달하는 것은 단지 하나의 자선 형식에 불과하다. 구호품을 주는 것이 자선의 가장 중요한 수단은 아니며, 만약 현명하게 이루어지지 않는다면 이따금 그렇듯이 도움이 되기보다 해를 끼칠 수 있다.

‡ ‡ ‡

구호품을 주는 것보다 더 중요한 것은 공감과 사랑입니다. 다른 사람들의 고통을 느끼고 내가 확인한 잘못을 감출 수 있게 가르쳐주세요. 내가 다른 이들에게 보여주는 연민을 내게도 보여주세요.

—알렉산더 포프,《보편적인 기도》중

상처받았던 일들은 잊어버리되, 친절은 절대 잊지 말아
야 한다.

‡ ‡ ‡

감사할 줄 모르는 자녀는
독사의 이빨보다 더 날카롭다.

—셰익스피어, 《리어왕》 1막 4장

세네카는 "밝은 햇빛을 누릴 만한 가치도 없는 사람들
은 많다. 그래도 태양은 늘 떠오른다."라고 했다.

남을 용서하지 못하는 사람이라면, 자신도 용서받을 수
있다고 생각하면 안 된다.

The Use of life

양심을 따르기로 선택한 사람은 누구나 고귀한 삶을
누릴 수 있다.

제11장

인격은 실천으로 완성된다

세속적인 성공이라는 단순한 문제에서는 영리한 것보다
인격과 진실함이 더 많은 도움이 된다. 물론 인격의 중요
성을 성공이라는 면에서만 강조하려는 것은 아니지만, 분
명히 옳은 사실이기도 하다.

어떤 것을 아는 것보다 올바르게 실행하는 것이 더욱 중
요하다. 선한 사람이 되거나 부유하고 행복한 사람이 되기
를 원한다면 누구나 이와 똑같은 과정을 밟아 나아가야만
한다.

올바른 행동이 확실한 미래를 보장하기 때문이다.

인생의 가치는 그 인생의 도덕적 가치에 의해 판단된
다. 키블은 말한다. "반드시 해야만 할 일을 당신의 양심
이 말해준다면, 결코 기다리거나 주저하지 않고 그 일을

하겠다고 결심해야 한다. 그렇게 하면 비록 죄인일지라도 합리적으로 희망할 수 있는 모든 축복의 해답을 얻게 된다."

자신에게 주어진 의무를 무시하거나 회피한다면 결국에는 더 큰 행복을 절대로 누릴 수 없게 된다.

인생에서 진정한 성공을 거두는 데 필요한 것은 무엇일까? 존 스튜어트 블랙키(John Stuart Blackie, 스코틀랜드의 학자)는 이렇게 말했다.

"오직 한 가지만이 필요하다. 돈도 권력도 필요 없고, 총명함과 명성도 필요 없으며, 자유도 필요 없다. 심지어는 건강도 꼭 필요한 한 가지는 아니다.

오직 철저하게 수양된 의지, 즉 인격만이 우리를 진정으로 구원할 수 있다. 만약 이러한 깨달음을 통해 구원된 것이 아니라면 우리는 분명 저주받을 것이다."

자신의 인격은 자기 스스로 선택하여 만드는 것이다. 우리가 모두 시인이나 음악가 또는 미술가나 과학자가 될 수는 없다. 아우렐리우스(Marcus Aurelius, 로마의 황제·철학자)는 이렇게 말했다.

"그 밖에도 우리가 선천적으로 타고나지 못한 많은 재능들이 있다. 그렇다면 자신의 의지로 갖출 수 있는 성실

함, 진지함, 근면, 검소, 자비, 정직 그리고 사치하지 않으며, 사소한 것에 매달리지 않고, 관대한 태도를 보이는 것과 같은 재능들을 보여라. 지금 당장에라도 보여줄 수 있는 다양한 재능이 이렇게 많은데 타고난 재능이 없다는 것은 변명에 불과하다. 하지만 사람들은 여전히 스스로 열등감에 싸여 있다.

선천적인 결함을 가지고 태어났기 때문에 어쩔 수 없이 불평하고, 비열하게 살며, 아첨하고, 자기의 신체를 비하하고, 남들의 비위를 맞추고, 터무니없이 과시하고, 줄곧 불안해하는 것일까? 맹세코, 절대 그렇지 않다.

사실은 아주 오래 전에 그러한 태도들로부터 벗어날 수 있었던 것이다. 실제로 이해력이 떨어지고 둔하다는 비난을 들었다 해도, 그 사실을 무시하거나 당연시하지 않고 그 문제에 대해 노력했다면 벗어날 수 있었던 것이다."

나중에 부끄러워하게 될 일은 절대로 해서는 안 된다. 자신에게 가장 중요한 영향을 끼치는 외견 한 가지가 있다면 그것은 바로 자신의 의견이다. 세네카는 "부끄러울 것이 전혀 없는 사람은 영원한 행복을 누린다."고 했다.

프랭클린(Benjamin Franklin, 미국의 철학자 · 정치가)은 우리에게 훌륭한 조언을 많이 해준 사람이지만, 한 가지만은 수긍할 수 없다. 덕목에 대해 간결하고도 명확하게 설명한 다음 그는 이렇게 덧붙였다.

"이런 모든 덕목들을 나의 습관으로 삼기 위해서는 그것들 전체를 한꺼번에 익히려 애쓰는 것보다 한 번에 한 가지씩 익히는 것이 더 낫다고 판단했다. 우선 한 가지를 몸에 익힌 다음, 그 다음 것을 익혀나가는 과정을 거쳐 13 가지 덕목(절제, 침묵, 질서, 결단, 절약, 근면, 성실(진실), 정의, 중용, 청결, 평정, 정숙, 겸손)을 모두 익히는 것이다."

그가 실제로 이런 방식을 따라 실천했을 거라고는 생각하기 어렵다. 왜냐하면 '당신이 만약 악마 하나를 집으로 데리고 왔다면, 그 악마의 모든 무리들이 따라올 것'이기 때문이다.

윌슨 주교(Bishop Wilson, 영국의 성직자)는 "어떤 사람이 가난한 사람에게 돈을 주면서, 선술집에 가든지 도박을 하든지 하찮은 장난감을 사라고 시키는 말을 듣게 된다면 우리는 깜짝 놀랄 것이다. 그렇다면 다른 사람이 하면 비웃을 일을 왜 자기 자신에게 시키는 것일까?"라고 했다.

높은 하늘을 우러러봐야지 땅을 내려다봐서는 안 된다. 비콘스필드 경은 이렇게 말한 바 있다.

"하늘을 우러러보지 않는 사람은 땅을 내려다볼 것이

며, 과감히 하늘로 날아오르려 하지 않는 사람은 비굴하게 살 수밖에 없을 것이다."

삶의 실체를 살펴보면 일반적인 형태의 공명심은 그다지 고려할 만한 가치가 없다. 실제로 셰익스피어와 밀턴, 뉴턴과 다윈(Charles Darwin, 영국의 생물학자) 같은 위대한 사람들은 정부가 수여할 수 있는 훈장이나 직위로 도움받은 것이 전혀 없었다.

일반적인 공명심의 가장 큰 결함은 절대로 만족할 수 없다는 것이다. 산을 오를 때 그렇듯이, 한 산봉우리에 오르면 또 다른 산봉우리가 눈앞에 펼쳐지는 법이다.

예를 들어, 위대한 정복자인 알렉산더와 나폴레옹은 절대로 만족한 적이 없었다. 부적절한 야망의 희생자인 그들은 '편안히 쉴 수도, 감사할 줄도' 몰랐던 것이다.

베이컨은 "언제나 앞으로 나아가는 데만 익숙해져 있는 사람은 한번 멈춰 서게 되면 자기 자신에 대해 실망하면서 전과는 전혀 다른 사람이 되고 만다."라고 했다.

또한, 이기적인 공명심은 도깨비불처럼 겉만 번지르르한 사기술이다.

모든 왕관은 거의 대부분 가시로 만들어진다. 왕관을

쓴 사람이 더 선량하고 더 양심적일수록 그에게는 권력에 대한 더욱더 막중한 책임이 지워진다.

한 번의 잘못된 판단으로 수많은 사람에게 고통을 줄 수 있다는 것을 걱정하지 않을 수 없기 때문이다.

제아무리 느리다 해도 진보하는 인생은 분명 흥미진진하며, 진보가 없다면 견딜 수 없을 것이다.

인간은 움직임 없이 정지해 있지 않다. 언제나 성장하게 되어 있다. 어떤 경우일지라도 가만히 멈춰서 있는 사람은 없다. 인간은 앞으로 나아가야만 하며 그렇지 못하면 죽음을 맞게 된다.

하지만 앞으로 나아가는 데 있어 그 목표만큼이나 방법도 양심적이어야 한다. 만약 나쁜 방법으로 이룩한 것이라면 분명한 진보도 사실은 실패한 것이라고 할 수 있다.

그렇다면 우리들의 천성에 필요한 이 두 가지 요소를 어떻게 조화시킬 수 있을까? 우리의 야망은 각 개인의 진정한 왕국이라 할 자아를 통치하는 것이어야만 한다.

진정한 진보는 더 많은 것을 알고, 더 나은 삶을 살며, 더 많은 일을 할 수 있어야 한다. 이 진보의 과정에서 멈출 필요가 없으며, 한 걸음 더 내디딜 때마다 위험해지기는커녕 더욱더 안전해질 것이다.

한 인간이 가질 수 있는 최초의 그리고 최고의 야망은 자신에게 주어진 의무를 완수하는 것이다.

웰링턴 공의 공문서에는 '영광'이라는 단어가 한 번도 사용되지 않았다고 한다. 그의 인생에서의 좌우명은 '의무'였던 것이다.

부자이거나 가난뱅이이거나, 귀족이거나 농노이거나, 백 년이 지난 다음에 어떤 차이가 있을까? 하지만 당신이 정의로운 일을 했는지 아니면 부정한 일을 했는지는 백년 후에도 커다란 차이를 나타내게 될 것이다.

러스킨은 말한다. "우리가 무엇을 생각하고, 무엇을 알고, 무엇을 믿는지는 전혀 중요하지 않다. 중요한 한 가지는 바로 우리가 무엇을 했느냐이다."

정직하고 진실하게 살아야 한다. 장 파울은 "다행스럽게도 악마가 저지른 것이긴 했지만, 이 세상에서 가장 먼저 저질러진 죄는 지식의 나무 위에서 했던 거짓말이었다."라고 했다. 정직하게 사는 것이야말로 유일하게 올바르면서도 가장 훌륭한 처세술이다.

제프리 초서(Geoffrey Chaucer, 영국의 시인)는 "진실은 인간이 간직할 수 있는 최고의 것이다."라는 말을 했다.

클래런던(에드워드 하이드 경Lord Edward Hyde, 영국의 역사가·정치가)은 포클랜드(루시어스 캐리Lucius Cary, 영국의 정치가)에 대해 이렇게 평가했다.

"그는 매우 엄격하게 진실을 숭배하는 사람이어서 쉽사리 남의 것을 빼앗지 못하듯 남을 속이지도 못했다."

잘못을 저질렀다면 스스로 부끄러워하는 것이 올바른 태도이다. 하지만 그 잘못을 인정하는 태도는 부끄러워하지 않아도 된다.

막스 뮐러(Max Muller, 독일의 철학자)는 이런 말을 했다.

"인간을 인간답게 만들고, 주어진 일을 해낼 수 있도록 해주는 특성은 수없이 많다. 하지만 필수적인 특성은 단 한 가지뿐이다. 그것 없이는 인간이 될 수 없으며, 그것 없이 진정으로 위대한 삶을 살았던 사람은 아무도 없다. 또한 그것 없이 진정으로 성취한 위대한 업적도 없다. 그것은 바로 진실이다. 바로 우리 마음속에 있는 진실이다.

진정으로 위대하고 선량한 모든 사람을 꼼꼼히 잘 살펴보면 그들을 왜 위대하다 하고 선량하다고 하는지 알게 된다. 그들은 자신에게 정직할 것을 두려워하지 않았으며, 진실한 사람이 되는 것을 두려워하지 않았기 때문이다."

워즈워스는 이렇게 말했다. "대담한 의존과 대담한 독립 즉, 남을 신뢰하는 것과 자신만을 신뢰하는 것은 서로 모순되는 것처럼 보이지만, 언제나 함께 이루어져야만 한다."

남에게 복종하는 법을 배우면 지배하는 법도 알게 된다. 훈련은 몸과 마음을 모두 단련시키는 것이며, 훈련을 제대로 받지 못한 병사는 훌륭한 장군도 될 수 없다.

† † †

성공이 찾아온다 해도
거들먹거리지 말라.
자만심 끝에 파멸이 찾아오고
오만한 태도는 실패를 가져온다.

−잠언 16장 18절

우리는 종종 열정을 왕성한 활동과 연결하고, 인내를 게으름과 연결하곤 한다. 하시만 이러한 판단은 잘못된 것 같다.

열정은 나약함의 징후이며 자제력의 부족을 나타내는 것이지만, 인내에는 강인함이 필요하기 때문이다.

나이가 들수록 열정은 약화되지만 몸에 익힌 습성은 더욱 강화된다.

만약 조급해하고 나쁜 생각을 하게 된다면, 마음속에 괴물을 들여놓는 것과 마찬가지다. 그 괴물은 곧 폭군이 되어 평화와 행복을 빼앗아 갈 것이고, 마음속을 시기와 증오 그리고 모든 무자비한 생각으로 채울 것이며, 질투와 걱정 그리고 두려움으로 채워 결국에는 몸과 마음을 모두 파괴해버릴 것이다.

만약 권력을 가진 자리에 오르게 된다면, 빈틈없이 공정하고 예의 바르게 처신해야 한다.

사디는 아무 죄도 없는 사람에게 사형을 명령했던 어느 동양의 왕에 대한 이야기를 전해준다. 사형을 받게 된 사람은 왕에게 "폐하, 자신에게 자비를 베풀도록 하십시오. 비록 나는 잠깐의 고통을 겪으면 되지만, 폐하께서는 이 죄가 영원히 따라다닐 것입니다."라고 말했다고 한다.

권력에는 책임이 따르게 되어 있다. 하지만 어떤 경우일지라도 자신이 하고 싶은 일이 아닌, 꼭 해야만 하는 일을 고려해야만 한다. 이것이야말로 행복으로 가는 유일한 길이기 때문이다.

만약 자신에게 주어진 두 가지 의무에 대해 의구심이 든다면 가장 가까이 있는 것을 선택해야 한다. 이교도를 교화하기 위해 자신의 가족을 소홀히 했던 사람들도 있지만,

자선과 마찬가지로 연민 역시 자신의 집에서부터 시작되어야만 한다.

이 세상의 모든 것은 정의를 향해 나아가고 있으며, 우리는 그것을 쉽게 확신할 수 있다. 어떤 죄에 대한 벌을 이야기할 때, 과연 누가 우리에게 벌을 내리는 것일까? 우리가 우리 자신에게 벌을 내리는 것이다.

이 세상은 선행하면 기쁨을 누리고, 악행을 저지르면 슬픔을 맛보도록 준비되어 있다. 죄를 짓고도 고통을 당하지 않겠다는 것은 자연의 법칙을 깨뜨리는 것이다.

죄를 용서한다는 것은 벌을 주어서는 안 된다는 의미가 아니다. 벌을 받지 않는다는 것은 불가능한 일일 뿐만 아니라 불행한 일이기도 하다.

사실 악행을 저지르면서 잘 산다는 것만큼 큰 불행도 없다. 만약 잘못된 일을 저지르게 된다면, 과거의 기억들이 미래에도 자꾸 되살아나 괴롭히게 될 것이다.

당신에게 상처를 입은 사람들이 당신을 용서했다 해도, 그 용서는 당신을 부끄럽게 만들 것이다. 그들이 보여준 관대함이 당신이 저지른 죄를 더욱 나쁘게 보이도록 만들 것이기 때문이다.

실천이 곧 삶이다. 결국 행복한 삶, 성공적인 삶은 실천에 따라 달라진다. 외부적인 환경은 상대적으로 중요하지 않다. 우리 자신의 모습에 비하면 우리를 둘러싸고 있는 것들은 그다지 큰 문제가 되지 않는 것이다. 그러므로 매일 자신의 모습을 꼼꼼히 관찰해야 한다.

습관은 제2의 천성이 된다. 보드만(Board man, 미국의 성직자 · 작가)은 "행동이라는 씨앗을 뿌리면 습관이라는 작물을 수확하게 된다. 습관이라는 씨앗을 뿌리면 인격이라는 작물을, 인격이라는 씨앗을 뿌리면 운명이라는 작물을 수확하게 된다."라고 했다.

더 좋아지거나, 더 나빠지거나, 어쨌든 우리는 매일 아주 조금씩 자라난다. 한밤중에 가만히 앉아, 어떤 식으로 성장할 것인지를 자기 자신에게 물어보는 것이 좋다.

에머슨은 "인간은 은혜를 베푸는 사람과 악행을 저지르는 사람, 이렇게 두 가지 부류로 나누어진다."고 말했다.

만약 악행을 저지르는 부류에 속하게 된다면 친구를 적으로, 기억을 고통으로, 인생을 슬픔으로, 세상을 감옥으로, 죽음을 공포로 만들게 된다.

이와는 달리 자신의 마음속에 밝고 선한 생각을 채워 넣을 수 있다면, 다른 사람의 삶에 행복한 시간을 채워줄 수 있다면, 은혜를 베푸는 선한 천사의 역할을 하는 것이다.

만약 모든 사람이 하루에 한 시간 만이라도 혼자 있을 수 있다면, 그래서 30분 만이라도 평화롭게 명상하는 시간을 가질 수만 있다면 정말 좋은 일일 것이다. 그럴 시간조차 없다고 말할 수는 없을 것이다.

로버트 필 경(Robert Peel, 영국의 정치가)은 하원에서 일을 마치고 집으로 돌아오면 매일 밤마다 성서를 읽었다고 한다. 선한 생각만 하면 악한 행동을 하지 않게 된다.

머뭇거려서는 안 되며, 젊다는 것을 핑계로 삼아서도 안 된다. 마르그리트 드 발루아(Marguerite de Valois, 프랑스의 왕비)는 "더 이상 우리의 뼈에 살이 하나도 붙어 있지 않게 될 때, 우리는 모두 완벽하게 고결한 상태가 될 것이다."라고 했다.

☦ ☦ ☦

너의 청년의 때에 너의 창조주를 기억하라.

－전도서 12장 1절

우리가 원하는 방식으로 죽음을 맞이하고 싶다면, 주어진 본분에 맞게 살아야만 한다. 선한 사람에게는 죽음이 전혀 두려운 것이 아니다.

덜월 주교(Bishop Thirlwall, 영국의 성직자)는 병상에 누워 임종을 맞이할 때까지 다음의 문장을 7개 국어로 번역하는 일에 몰두했다.

'잠은 죽음의 형제이므로, 잠이라는 죽음으로부터 그리고 죽음이라는 잠으로부터 여러분을 깨워줄 그분을 사랑하겠다는 맹세를 해야만 한다.'

키케로가 전하기를, "소크라테스는 자신을 고발한 사람들 앞에 나서면서, 사형선고를 받은 사람이 아닌 하늘나라로 올라갈 사람으로서 말했다."고 했다.

또한, 세네카는 이렇게 말했다. "만약 자신의 의무를 용감하고 편견 없이 완수한다면 어떤 이익을 얻게 되는 것일까? 그 의무를 완수했다는 이익을 얻게 된다. 즉 그 행위 자체가 이익이다."

우리는 옳은 일을 해야만 한다. 약속받은 것들을 받을 수 있을 것이라는 희망이나 혹은 벌을 받을 것이라는 두려움 때문이 아니라 선한 것을 사랑하는 마음으로 그렇게 해야 한다. '주님의 증거는 내 마음의 기쁨'이기 때문이다.

미덕은 그 자체가 보상이다. 하지만 실제로는 죄를 범하지 않도록 유도하기 위해 초자연적인 보상과 처벌이 필요한 사람들도 있다.

우리는 인간이 완벽해질 수 없다는 것을 알고 있다. 하지만 다른 모든 것들과 마찬가지로 인격을 완벽하게 만드는 것을 목표로 삼아야만 한다. 게다가 우리들 모두의 마음속에는 양심이라는 확실한 안내자가 있다.

양심을 따르게 되면 아주 큰 잘못은 저지르지 않을 수 있다. 양심을 따르기로 선택한 사람들은 누구나 고귀한 삶을 누릴 수 있다. 그러므로 언제나 실현 가능한 최고의 이상을 추구해야 한다.

월터 스콧 경은 죽음을 맞이하며 록카트(John Gibson, 스코틀랜드의 작가·비평가)에게 이런 유언을 남겼다.

"미덕을 지닌 사람, 신앙이 있는 사람, 선한 사람이 되어야 한다. 당신이 나중에 이 자리에 눕게 될 때, 그 밖의 어떤 것도 아무런 위안이 되지 않을 것이다."

구약성서의 민수기에 등장하는 예언자 발람도 이렇게 기원했다.

"나는 정직한 사람이 죽듯이 죽기를 바란다. 나의 마지막이 정직한 사람의 마지막과 같기를 바란다."